KB056884

코믹 삼국지

2

최
승
태

| 목차 |

제 1 장
유비 제거전

때는 삼국정립, 촉나라는 일촉즉발의 사태를 맞이하고 있었다. 다름이 아닌 유비의 의형제인 관우가 위오로부터 다구리를 신나게 맞았고, 결국 형주를 오나라에 뺏겼고, 사형을 당했다는 것이다. 촉의 근거지, 성도 황궁에서 이 소식을 뒤늦게 접한 유비는 심히 빡쳤다. 그는 오열하며 울부짖었다.

"아니, 이런 시발! 나의 의형제 관우가 죽다니! 살 땐 같이 살고 죽을 땐 같이 죽자고 하지 않았느냐, 관우여! 흐흐흑…."

유비는 관우의 복수를 하기 위해 대동원령을 선포하려 하는데, 그의 곁을 보좌하고 있던 군사 제갈량이 결사반대하였다.

"지금 오나라를 치면 위나라만 이득입니다. 촉과 오가 싸우면 누가 좋겠습니까? 치려면 먼저 강대국인 위나라를 치십시오. 반드시 오나라와는 화친을 해야만 합니다."
"닥치시오, 제갈량!"
"깨갱…."
"모두, 나에게 힘을 나눠줘!"

유비가 대동원령을 선포하여 촉의 병사들을 죄다 끌어모으니 그 숫자가 헤아리기 어려웠다. 75만이라는 설이 있는데, 아무리 인해 전술이 쩌는 중국이라지만, 도대체 이 수치가 말이 되는가. ㅋㅋㅋ 유비의 분노를 담은 수치라고 이해해 주자. 제갈량은 자기 말을 들은 척도 않는 유비에게 한탄을 하였고, 꾀병을 부리며 자신의 자택에서 은신했다. 출진 준비를 마친 유비군은 슬슬 오나라를 관광시키기 위해 출발하려 하는데, 급보가 날아왔다. 강주 태수로 있던 장비가 부하인 범강, 장달에게 살해당했다는 게 그 내용이었다. 그들은 오나라로 도망을 가 버렸고, 또 한 번 빡쳐 버린 유비는 역설했다.

"내가 기필코 손권 그 쥐새끼를 잡아 족쳐 버리겠다!"

이 시기쯤, 제갈량의 집에 방문한 이가 있었으니, 바로 마량이었다. 눈썹이 희어서 백미라 불리는 그 마량 맞다. 제갈량과 마량은 일찍이 의형제를 맺었는데, 유관장의 수준과 맞먹을 만한 우애가 있었다. 마량은 한숨을 쉬더니 말했다.

"제갈 형, 사실대로 말하겠소. 솔직히 난 죽기 싫은데, 유비 님의 군사로서 엔트리에 포함되었소. 오나라에 쳐들어가 봤자 발릴 게 뻔한데 무슨 좋은 방법이 없겠소?"
"계상(마량의 자), 그렇다면 이렇게 하시오. 전투가 중반에 치닫고 있을 때, 바로 나, 제갈량에게 팁을 받고 움직이는 게 어떠냐고 하시오. 그러면 유비 님은 반드시 그대를 내게 보낼 것이오. 대강 아시겠소?"
"ㅋㅋㅋ 거 괜찮은 것 같군. 제갈 형, 살아 돌아오겠소. 그럼 이만…."
"음."

여기서 한 가지 짚고 넘어가고 싶은 것은, 유비의 유소년급 스쿼드 구성이었다. 개국 공신인 제갈량과 마초, 위연, 조운과 같은 이들을 촉 땅에 내버려 두고 신인들을 데리고 출정을 떠나니 아무래도 오나라에게 역관광을 당하고 싶어 환장한 모양이다. 유비 일행이 떠나고 졸지에 성도 태수가 된 제갈량은 장완, 비위, 동윤과 같은 이들에게 정치를 맡기고, 야간이 되면 항상 자택 바깥에 나와 천문을 보았는데, 별 하나가 유난히 흔들림에 제갈량은 기뻐하며 마음속으로 생각했다.

"억ㅋㅋㅋㅋ 유비…. 그대의 질긴 목숨도 여기까지인가 보구려. 관우도 없는 마당에 당신마저 죽어 버리면 촉나라에선 내가 1인자요. ㅋ 그동안 내 천하삼분계에 응해 주어서 고맙소이다."

바로 다음 날 아침, 유비와 동행했던 마량이 제갈량의 자택으로 되돌아왔다. 그는 하나도 빠짐없이 있는 그대로 보고하였다.

"음, 우선 황충이 전선에서 음주하고 객기를 부리다 죽었소. 그리고 우리 군의 관흥(관우의 아들)과 장포(장비의 아들)가 서로 앞다투어 맹활약하여 대장 손환을 이릉성 안으로 쫓아냈고, 수군 쪽은 황권 장군이 파죽지세로 나아가서 주연을 격파했소. 현재 여름 날씨가 워낙 덥고 지랄스러워서 대부분의 병사를 숲속으로 피신시켜 진채를 세워 더위를 피하고 있소. 이게 전부요."
"ㅋㅋㅋㅋㅋㅋㅋㅋㅋㅋㅋㅋㅋ"

마량의 말이 끝나자마자 제갈량은 폭소했다. 이유를 물으니 이렇게 말하는 것이 아닌가.

"이 상태에서 오나라가 화공을 가하면 그야말로 전멸이 아니오? 하여튼 계상, 잘 빠져나왔소. 조금이라도 늦었다면 그대도 위험했소."

며칠 뒤, 오나라의 화공에 의해 패전한 유비군이 백제성으로 피신했단 소식과 더불어, 유비의 병세가 위독하여 오늘내일한다는 내용을 전달받은 제갈량은 KTX를 타고 서둘러 백제성으로 이동했다. 유비의 침상에 다다르니 그는 지금까지 살아 있는 게 신기할 만큼 초췌해진 상태로 누워 있었다. 유비는 주변에 있던 조운을 비롯한 장수들을 물리치고, 제갈량을 보며 힘을 내어 말을 꺼냈다.

"오오, 제갈량 왔구려…."
"신 제갈량, 폐하를 뵈옵니다."
"참으로 면목이 없소. 그대의 말을 따랐어야 했는데….”
"…."
"이제 내 수명이 얼마 남지 않은 것 같소이다."
"그런 말씀을 하시면 안 됩니다. 마음을 굳게 가지시길 바랍니다 (얼른 죽어! 죽어! 그래야 사망 보험금 타지)."
"태자 유선… 은 너무 어리오. 보좌하되… 국정을 다스… 릴 능력이 부족하면… 제갈량… 당신이 황제가 되… 시오."
"…."
"그리고… 마… 마…"
"마…? 마초?"
"ㄴㄴ… 마속을 중히 쓰… 지 마시오. 그 새끼… 말만 번지르르하지… 나한테 장기도 졌소."
"… 지금 농담이 나오십니…"
"꾀꼬닥…."

"? 폐하?"

유비는 그렇게 눈을 감았고, 제갈량의 입꼬리가 점점 올라갔다.

"… 흐흐… 안녕히 주무시길….'
"…."

유비의 유언을 전해 들은 제갈량은 유비의 제사를 지낸 후에, 정말로 태자 유선을 황제로 추대하였다. 그리고 자신은 승상, 마량은 태위가 되게끔 조작질을 했다. 이때쯤이었던가. 위오가 형주의 관우를 제거하기 위해 불가침 조약을 맺었던 것은 완전 개나 줘라 수준이었다. 위나라의 황제 조비(조조의 아들)는 촉나라와 오나라가 이릉에서 혈전을 펼친 것을 드론으로 확인하더니 3갈래의 병력을 오나라에 파견하였다. 맞짱인 것이다. 다만 여기서 파악할 수 있는 것은 오나라 육손의 기지였다. 그는 매우 잘생겼고 대학도 잘 나와서 그런지 위나라의 공세를 어느 정도 예견하고 있었다. 그는 유비와의 싸움을 끝내자마자 오나라의 장수들을 적재적소에 배치했으므로 위나라의 남하를 성공적으로 막아 낼 수 있었다. 손권은 공을 기려 육손에게 형주 통솔권을 주었다. 비로소 육손의 시대가 열린 것이다. 한편, 촉의 성도 회의장, 제갈량은 단상 앞에 서서 여러 촉의 인재에게 고했다.

"지금은 오나라와 화친을 해야 하오. 손권과 동맹을 맺는 것을 누가 하겠소? 이것은 매우 중요한 일이외다."
"바로 제가 하겠습니다."

이때, 등지가 손을 들었다. 그는 스펙 쌓기의 달인이나 아무 데도 자기를 써 주지 않아 "시발 시발." 하면서 의미 없는 매일을 보내고 있었는데, 왠지 모르게 이번 일은 잘할 수 있을 것 같아 앞에 나섰다. 제갈량은 그 자신감이 마음이 들어 등지를 오나라로 보냈다.

"장군이오! 이건 어떻소? 마쨩."
"ㅎㅎ 제법이시군요, 제갈량 사마."

성도에 위치한 정원, 일과를 마친 제갈량과 마량의 동생 마속이 장기를 두며 얘기를 나누고 있었다. 그들은 오래전부터 친했으며, 마속은 특히 재주가 좋아 제갈량은 그를 매우 아꼈다. 유비가 왜 마속을 중히 쓰지 말라는지 이해가 안 될 정도이다. 제갈량은 어차피 자기 맘대로 할 것이지만, 혹시나 해서 마속에게 조언을 구했다.

"마쨩, 이릉 전투에서 많은 장수를 잃어버린 지금 우리 촉나라의 상황은 마치 바람 앞의 등불 같소. 어찌해야 이 난국을 헤쳐 나갈 수 있겠소?"
"제갈량 사마는 왜 남만 정벌을 할 생각을 안 하십니까? 전방의 적과 맞짱 까기 위해선 후방을 미리 제거해야지요."
"호오, 남만 정벌이라…. 요새 남만 왕 맹획이 하도 깝치길래 언제 한번 토벌할까 생각은 해 봤소. 근데 우리가 그들을 토벌한다고 촉에 순순히 따르겠소?"
"남만 왕 맹획은 남자 주제에 잘 튕기기로 유명합니다. ㅋㅋ 여자도 아닌 것이 말이죠. 남만족들은 총칼로 다스릴 것이 아니라 그들의 마음을 공략할 줄 알아야 합니다."
"마쨩, 그대의 말에는 일리가 있소. 그 의견에 따르리다."
"감사합니다. ㅎㅎ 별거 아닌뎅. ㅋ"

제 2 장
등지 외교전

"흠흠…."

오나라 건업 회의장, 촉나라로부터 등지라는 사절이 찾아왔다길래, 오나라 군주 손권은 그와 만나기 전에 먼저 외교 사절 소개서를 프린터로 뽑아 읽어 보았다. 손권은 내용을 줄줄 읽어 나갔다.

"이름은 등지, 4년제 대학 학점 만점, 토익 만점, 정보처리기사, 세무사, 회계사, 공인중개사, 바리스타, 미용사…. 아니, 이런 인물이 촉나라에서는 비정규직이라니. 도대체 얼마나 많은 인재가 있길래…. 장소, 어떻게 생각하오?"

이에 만년 할아버지인 손권의 측근 장소가 고했다.

"이건 말도 안 됩니다. 말 그대로라면 우리나라로 따지면 육손보다도 개똑똑하다는 건데, 거짓으로 작성했을 가능성이 있으므로, 오왕께서는 만나기도 전에 쫄지 마시고, 만난 뒤에 판단하심이 옳을 줄 아뢰옵니다."
"음. 장소, 그대의 말이 옳소. 여봐라, 촉의 사신 등지를 내 앞으로 불러라!"

하지만 더 쫄은 것은 오히려 등지 쪽이었다. 그는 이번에 실패하면 정규직 전환이 불가능할 것이라는 생각에 식은땀을 줄줄 흘리며 회의장 안으로 입장했다. 오왕 손권이 그에게 물었다.

"촉의 사신 등지여, 무슨 낯짝으로 이곳에 오셨소이까? 촉오 동맹은 관우가 죽은 뒤로 이미 깨진 지 오래됐소이다만. ㅋㅋㅋ"

"저희 촉 황제 유선께서는 과거 일을 청산하고 오나라와 화친을 맺길 바라십니다."

"관우를 내가 죽였는데? 유비도 우리가 박살 냈는데? 근데 화친을 맺자고?"

"네, 그렇습니다."

"복수도 아니고 화친을 하겠다니, 솔직히 말해라. 네 녀석은 촉 황제 유선의 명을 받고 왔느냐, 아니면 제갈량의 명을 받고 왔느냐?"

"ㅋ 오왕 폐하의 선견지명에 감탄하였습니다. 시발⋯ 제 스펙은 세계 제일입니다만 전 황제 유비 님은 저를 중히 쓰지 않으셨고, 이는 황제가 바뀌어도 마찬가지였습니다. 이대로는 비정규직에만 머물까 두려워 제갈량 승상으로부터 임무를 받아 찾아왔습니다."

"ㅋㅋㅋㅋㅋㅋㅋㅋㅋㅋ 그렇구려. 내가 비록 오나라 사람이긴 하나 촉의 사정은 훤히 알고 있소. 제갈량과 의형제인 마량 둘이서 집권하고 다 해 먹고 있지 않소?"

"ㅅㅂ. ㅋㅋㅋㅋㅋ 대단하십니다. 하아⋯. 저 같은 경우엔 이 외교 사절 임무를 실패한다면 영원히 비정규직으로 있다가 잘릴 게 뻔합니다. 오왕께서는 제 스펙을 봐서라도 촉오 동맹을 허락해 주십시오. 제발요⋯. ㅋㅋㅋ"

오왕 손권은 무언가를 골똘히 생각하다가 등지에게 이야기했다.

"흠…. 좋소. 다만 3가지 조건이 있소."

"음? 뭐가 있을까요?"

"첫째, 촉의 인재들은 나를 쥐새끼, 특히 손제리라고 부르는 것을 그만둬 주시오. 관우 새끼 때문에 이런 별명이 생겼는데 참 뭐 같소."

"별로 어렵지 않군요. 다음은요?"

"둘째, 위나라가 현재 가장 막강하므로 촉오 영구 동맹을 희망하오."

"그건 제갈량 님도 크게 동의하실 겁니다. 마지막은 무엇입니까?"

"셋째, 일로 오시오. 소곤소곤…."

"헐! 정말이십니까?"

전혀 예상치 못한 3번째 답변을 받은 등지는 자기도 모르게 감탄사를 내질렀다.

"그렇소. 등지여, 수고해 주시오."

"예, 예. 알겠습니다. 그럼 물러나도록 하겠습니다."

외교 임무를 성공적으로 수행하고 촉으로 귀가하는 등지, 그의 심정은 토익 만점을 맞았을 때보다 더욱 기뻤다. 성도 회의장, 제갈량은 등지로부터 3번째 내용을 제외한 2가지 뜻을 전해 듣더니 놀라움을 표하며 말했다.

"와. ㅋㅋㅋㅋ 이건 누구나 할 수 없는 일이었으나, 등지 자네는 해냈구려. 얼른 정규직으로 전환해 달라고 유선 폐하에게 찔러 보겠소이다."

"부왁. ㅋㅋㅋㅋ 감사합니다, 제갈량 님!"

　이것은 감히 인간으로서는 할 수 없는 일이었으나, 등지는 해냈다. 신하들은 등지를 신으로 부르기 시작했다. 자, 슬슬 내 의도를 눈치챘는가? 눈치채지 못했으면 보도록 하자. 결국 등지는 등신이 되었다. ㅋㅋㅋㅋㅋㅋ 며칠 후, 제갈량은 촉나라 인재들을 회의장으로 모으더니 마침내 자신의 포부를 밝혔다.

"촉나라와 오나라는 영구 동맹을 맺었고, 위나라는 오나라에게 받은 피해를 복구하는 데 몰두할 것이오. 바로 나, 승상 제갈량은 이번 기회에 남만을 토벌하기로 마음먹었소! 그들은 야만족이라 쌀을 퍼 줘도 그때만 고마워할 뿐, 은혜도 모르는 짐승들이외다. 지금 토벌하면 이깁니다! 어떻소?"
"나는 반대입니다."
"아씨, 누구요?"

　누군가 했더니 신참으로 있는 초주였다. 그는 공부밖에 모르는 공붓벌레였는데, 자기도 자신이 매우 똑똑하다고 여겨, 내가 맞으면 맞는 거다 같은 사관을 가진 자기중심적인 인물이었다. 그는 제갈량에게 정면으로 반박했다.

"현재 우리 촉은 오나라에게 KO 패한 지 얼마 되지도 않았고, 이릉 전쟁을 경험한 병사들은 매우 지쳐 있습니다. 지금은 쉴 타이밍이라는 것입니다. 그리고 제가 천문도 좀 볼 줄 압니다. 화성과 목성이 서로….”
"닥쳐라!"

"헐, 제갈량 승상. 지금 닥치라고? ㄹㅇ?"

"ㅇㅇ, 닥치라고 했소. 난 『삼국지』 시리즈를 통틀어 지력 100이라 당신보다 매우 우수하오. 틀린 말을 하지 않는단 말이오. 님은 지력 몇임? 나한테 까불 거임?"

"앜ㅋㅋㅋㅋㅋㅋㅋ 코에이 님들, 다음엔 나한테도 지력 좀 올려 주시오…. 도저히 못 깝치겠네. ㅋㅋㅋㅋㅋㅋ"

"자, 남만 정벌이다! 가즈아!"

제갈량은 출병하기 직전에 마속과 함께 성도 마씨의 저택에 방문했다. 2인자 마량에게 전달할 사항이 있어서다. 제갈량은 그에게 구시렁거렸다.

"계상, 한중에 마초 장군을 두었으니 강족이나 위나라도 함부로 못 깝칠 거요. ㅋㅋ 오나라가 감히 영구 동맹을 깨진 않겠소만 혹시 몰라 영안에 이엄을 남겼소. 스쿼드를 맘대로 바꿔도 상관은 없지만 당분간은 이대로 대비하는 게 좋을 것이오."

"음, 알겠소이다. 그리고 또 다른 점은?"

"바로 여기, 마쨩을 데리고 가겠소. 아직 실전 경험이 부족하니 말이오. 어때, 마쨩?"

"넵, 제갈량 사마. ㅎㅎ 저야말로 감사하죠."

마량은 마속의 발언도 그렇고 제갈량이 중히 쓰겠다니 오히려 고마울 뿐이었다. 그는 백미답게 쿨하게 허락하였다. 제갈량은 선봉장으로 조운과 위연을 활용하였고, 중군은 관흥과 장포, 자신과 마속 외 쩌리들을 배치했다. 유비가 사망한 틈을 타 반란을 일으킨 고정과 옹개, 주포가 남만 왕 맹획과 연계하였고, 왕항과 여개가 지키는 촉나라의 영창을 급습하였다. 영창과 멀지 않은 곳에 진채를 세우도록 지시한 제갈량은 마속에게 의견을 물었다. 마속이 술술 말했다.

"돌아가신 유비 폐하는 고정과 옹개, 주포에게 금을 주지 않아 충성도가 바닥인 상태가 된 겁니다. 셋 중에 가장 말이 통할 것 같은 상대, 고정에게 밀서를 보내 지금 항복하면 이병에서 병장으로 등업시켜 주겠다고 합시다. 아주 구미가 당겨 미칠 것입니다."
"오오, 마쨩…. 훌륭하오. 내 그리하리다."

당시 고정과 옹개, 주포는 각기 다른 진채를 세우고 있었는데, 제갈량의 사주를 받은 남만 현지인이 고정의 진채에 찾아가서 고정에게 편지 한 통을 주고는 홀연히 떠났다. 고정은 ㄹㅇ 고민할 것도 없었다. 월급도 쥐꼬리만큼 받고 국방의 의무를 충실히 했던 그로서는 반란은 어쩔 수 없었던 것. 그런 그를 위해 정책을 실현하겠다니…. 고정은 옹개와 주포를 팀킬하고 제갈량에게 항복을 선언했다. 제갈량은 영창에 입성해 태수 왕항과 군사 여개를 만났는데, 이때 여개가 제갈량에게 무언가를 헌납하며 말했다.

"이건 평만지장도라는 지도입니다. 제가 남만을 돌아다니면서 그린 지도이므로 소중히 써 주십시오. 아마 도움이 될 것입니다."
"헐. ㅋㅋㅋㅋㅋㅋㅋ 이거 완전 맵핵 아니오? 개이득인데?"
"저 공짜로 드리겠다 한 적은 없는데요? ㅋ"
"아아, 알겠소. 세상에 공짜가 없다는 사실쯤은 알고 있었소이다. ㅋㅋ"

평만지장도는 완전 현대 GPS이다. 늪지며 평지며 산지며 숲이며 모두 그려져 있었는데, 덕분에 맹획의 근거지 은갱동 쪽으로 진군할 수 있었다.

제 3 장
남만 토벌전

은갱동 회의장, 촉나라의 1인자 제갈량이 병력을 이끌고 남하한다는 소식을 접한 남만 왕 맹획은 콧방귀부터 뀌더니 자신만만하게 말했다.

"크헤헤헤, 제갈량 녀석. 올 테면 와 봐라. 이곳 남만은 천연의 요새이니라! 여봐라, 각 동에 있는 남만특전대를 전부 불러와라!"

하지만 다들 위기의식이 없어서 그런지 월차를 내고 일을 미루었다. 그렇기에 고작 레드레인저 망아장과 블루레인저 금환삼결만 모였으나, 이 정도도 충분하다고 여긴 남만 왕 맹획이었다. 그는 구미가 당기는 발언을 서슴지 않았다.

"촉나라 그 좃 같은 녀석들을 털어서 나온 금은보화는 전부 자기가 가져도 좋다! 어때, 바람직하지?"
"옳소! 나 레드레인저 망아장, 당장 촉을 쳐서 벨붕을 해 버리겠소!"
"나 블루레인저 금환삼결, 금은보화라니 벌써 심장이 벌렁거린다. 날 얼른 출격시켜 주시오!"

남만 왕 맹획은 망아장과 금환삼결을 먼저 보내 요충지인 오계봉에 진채를 세울 것을 명하였다. 촉나라의 선봉 조운과 위연이 도착했을 때 이미 남만군의 진채가 완성된 채로 있었다. 이대로 돌아가서 제갈량에게 먼저 보고부터 해도 늦지는 않았으나, 워낙 역전의 용사들이라 한번 맞짱부터 떠 보기로 하였다. 조운이 말을 탄 채로 먼저 앞으로 나서서 소리쳤다.

"야, 이 더러운 상병신 새끼들아! 중국에 살고 있으면서 사우나에서 때는 밀고 다니냐? 내가 바로 상산의 조자룡이다. 대장은 앞으로 나와서 나랑 한판 어떠냐!"

그때, 적장 하나가 진채에서 나와 소리쳤다.

"으으…. 너 좀 무섭다! 나 블루 금환삼결하고 쇼부하자!"
"금환삼결? 금이 성이냐, 금환이 성이냐? 특이한 이름일세. 게다가 블루라니…. 무슨 파워레인저냐?"
"아니다! 남만특전대다! 각오하라!"

블루레인저 금환삼결, 그는 용기를 내어 조운의 앞에 나섰으나 자존심이 화를 불렀다. 3합을 버티는가 싶더니 결국 조운에게 머리를 내주고 말았다. 이 광경을 진채에서 망원경으로 지켜보던 망아장, 그는 특이하게 말이 아닌 망아지를 타고 바깥으로 나왔다. 겨, 결코 웃음을 주려고 쓴 게 아니다. ㅋㅋㅋㅋㅋ 이번엔 조운 대신 위연이 상대하기로 했다. 레드레인저라 그런지 망아장은 제법 잘 버텼다. 한 25합을 채웠을까, 자칫하다간 망아장의 목이 날아갈 수 있었으나 바로 이때였다. 정신적 지주인 남만 왕 맹획이 당도했다.

"크헤헤헤, 망아장! 나 남만 왕 맹획이 왔소이다! 같이 촉군을 발라 버리세!"

"ㅇㅇ 나 죽으면 벨붕인 거 알지? 헬프 미!"

근데 그때였다. 사방에서 함성이 들리더니 산과 숲 여기저기서 복병이 등장했다. 이에 남만 왕 맹획은 개깜놀했다.

'아니, 우리 말고 남만의 지리를 아는 사람이 있단 말인가, 설마 우리 중에 배신자가 있는 건가?'

여하튼 생각에 잠길 시간도 용납하지 않는 촉나라 군사들이었다. 결국은 위연이 망아장의 망아지를 공격하여 그를 넘어뜨렸고, 초 필살기를 날리며 그를 죽였다. 그리고 쩌리(장익, 장억, 왕평, 마충과 같은)들이 앞다투어 남만 왕 맹획을 공격, 결국 생포하기에 이르렀다. 이거, 벌써 게임 끝인가? 맹획은 두 손이 묶인 채로 병사들에게 이끌려 촉나라의 막사까지 걸어갔다. 그곳엔 제갈량과 군사 마속이 함께 있었다. 맹획이 건방진 태도로 제갈량에게 물었다.

"묻겠다. 네놈이 그 잘나간다는 제갈량이냐?"
"ㅇㅇ 맞소. 남만 왕 맹획이여, 솔직히 패배를 ㅇㅈ하는 게 어떻소?"
"ㅋㅋㅋㅋㅋㅋㅋ"

이에 남만 왕 맹획이 실소하더니 제갈량에게 따지듯 물었다.

"우리 남만은 중국군에 굴할 리가 없다. 다만 한 7번 정도 잡히면 ㅇㅈ하겠다."
"지금 7번이라 했소? 약속을 함부로 어기면 하늘이 용서하지 않을 것이오."

"그래, 7번이다. 7번! 7번 잡히면 항복하겠다!"
"좋소. 얘들아, 이 자의 오라를 풀어 주어라."

제갈량의 지시를 받은 두 병사가 정말로 맹획을 자유롭게 해 주었다. 맹획은 자신만만한 얼굴로 제갈량에게 말했다.

"지금 이렇게 풀어 준 걸 후회하게 만들어 주겠다."
"그래, 가 보시오."

맹획이 떠난 뒤, 제갈량은 마속과 단둘이서 여러 이야기를 나누었다.

"어때, 마쨩? 남만 왕 맹획이 정말로 7번 잡히면 항복할 것 같소?"
"아무리 야만족이라도 그는 사람이지 동물이 아닙니다. 약속도 안 지키면 사나이라 할 수가 없지요. 다만 걱정되는 점은 아직 이게 남만의 모든 것이 아니라는 점입니다."
"음, 그렇소. 색깔을 보아하니 남만에는 남만특전대가 몇 명 남아 있는 모양이오. 앞으로 힘든 싸움이 우리를 기다리고 있을 것이오."

사실 알고 보면 촉나라의 방해 요소는 남만군뿐만이 아니었다. 늪지엔 악어 떼가, 숲에는 큰 구렁이가, 평지에는 표범이나 하이에나 같은 것들이 싸돌아다니고 있어 여간 무서운 일이 아니었다. 마치 DMZ 같았다. 「동물의 왕국」 같은 프로그램도 다 이런 데서 찍나 보다. ㅋㅋㅋ 촉군이 인해전술로 동물들을 몰살하고 계속해서 진군하다 보니 물살이 거센 큰 강이 나왔고, 강 건너편에는 남만군의 진채가 이미 건설되어 있었다. 제갈량이 평만지장도를 보아하니, 이곳을 노수라 부르는 모양이었다. 한편, 노수 진채에선 맹획이 하도 사정해서 부른 옐로레인저 아회남과 핑크레인저 동도나를 반갑게 맞이하고 있었다. 먼저 아회남이 말했다.

"이런, 시발…. 망아장과 금환삼결이 뒤지다니, 제가 그 시발 새끼들을 잡아 족쳐야겠소이다."

이에 동도나도 거들었다.

"남만 왕 맹획이여, 우리 두 사람에게 출병할 기회를 주시오!"

하지만 제갈량에게 한 번 압살을 당한 경험이 있던 맹획이었다. 그는 노수를 가리키며 말했다.

"노수는 뗏목을 사용해도 건너기는커녕 물귀신이 될 것이외다. 우린 촉나라가 물러 나갈 때까지 지키기만 하면 된단 소리요."
"하하하하!"

갑자기 크게 웃어 재끼며 맹획을 비웃는 아회남이었다.

"아니, 왜 웃어? 죽고 싶어?"
"남만 왕께선 마음이 너무 약해지신 것 같소. 내 말이 틀렸소?"
"제갈량을 우습게 보지 말라는 소리요. 내가 한 번 붙잡혔을 땐 다행히도 주먹질로 애새끼들을 혼내 주고 빠져나오긴 했지만, 두 번째는 얄짤 없을 것이란 얘기요."

"어? 저것 보시오!"

그때, 아회남이 노수를 가리키더니 그만 경악하고 말았다. 그것은 맹획과 동도나도 마찬가지였다. 이럴 수가, 다수의 촉나라 병사가 로테이션을 해 가면서 노수의 물을 퍼서 마시는 게 아닌가! 제갈량이 하하 호호 웃으며 말했다.

"남만 녀석들, 요건 몰랐을 거다. ㅋㅋㅋ 수만의 병사가 돌아가면서 물을 마시면 금방 마를 것이오. 조운, 위연! 그리고 쩌리들! 슬슬 준비하시오!"

노수의 물이 바닥나자 순식간에 엄청난 촉군이 남만의 진채에 들이닥쳤다. 옐로레인저 아회남과 핑크레인저 동도나는 도망갈 틈도 없이 붙잡혔고, 맹획은 촉군을 피해 산 정상으로 등산하다가 관흥과 장포에게 발견되어 붙들렸다. 맹획은 점점 의구심이 들었다.

'아니, 시바놈들…. 어떻게 내가 이곳에 올 것이라고 생각했지? 저번도 그렇고, 뭔가 이상하단 말이야. 역시 우리 남만군 내부에서 배신자가 있는 건가?'

뭐가 어찌 됐든 맹획은 2번째로 막사의 제갈량에게 끌려갔다. 제갈량이 그에게 물었다.

"맹획이여, 2번째로 잡힌 거 ㄹㅇ 안타깝소. ㅋ"
"…."
"자, 이제 항복하려면 앞으로 5번 남았구려. ㅋㅋㅋ 얘들아, 밧줄 좀 풀어 드려라!"
"예이~"

아무런 힘도 못 쓰고 붙잡히고, 또 봐준다면서 풀어 주니 맹획의 위신이 말이 아니었다. 하지만 맹획, 그가 누군가! 남만 왕이 아닌가! 그는 제갈량에게 위풍당당하게 경고를 하였다.

"잘 새겨들어라, 제갈량이여. 넌 날 5번 더 잡아야 하지만, 난 널 1번만 잡으면 된다는 것을 명심해라!"
"흐흐, 잘 알았으니 이만 가 보시오. 남만 왕 맹획이여. ㅋㅋㅋㅋㅋ"

또다시 풀려난 맹획은 노수에서 좀 더 먼 지역에 진채를 세워 놨던 아우 맹우를 찾아갔다. 그곳에는 마찬가지로 붙잡혔던 옐로레인저 아회남과 핑크레인저 동도나도 있었다. 어떻게 하면 촉나라를 이길 수 있을까 고심하던 맹획에게 아우 맹우가 권했다.

"형님, 이렇게 하는 게 어떻겠습니까? 소곤소곤….'"
"오, 시발! 그런 좋은 수가 있었구나! 당장 착수하세!"
"ㅋㅋㅋㅋ 이제 그 간사한 제갈량 놈도 여기까진가 보네요. ㅋ"

제 4 장
남만 토벌전 2

　남만으로부터 노수를 빼앗은 촉나라는 노수를 거점으로 삼아 전력을 재정비하고 있었는데, 이때 남만 왕 맹획의 아우 맹우가 제갈량이 거주하는 막사에 방문했다. 제갈량이 물으니 이렇게 대답하는 것이 아닌가.

　"저희 형 맹획은 불필요한 싸움을 얼른 끝내고 화친을 맺자고 하십니다."
　"헐, 아직 5번 더 붙잡아야 하는데. ㅋㅋㅋ 하여튼 좋소. 화친합시다."
　"매우 감사합니다!"
　"어이쿠, 이대로 보낼 순 없지. 오늘 저녁에 파티를 열 테니 필히 참석해 주시오."
　"넵. ㅎㅎ"

　맹우가 물러나자, 제갈량의 곁에 있던 마속이 그에게 물었다.

　"제갈량 사마, 설마 믿고 있는 것은 아니겠죠? ㅋ"

　이에 제갈량이 옅은 미소를 띠더니 말했다.

　"물론 믿을 수 없소. 아마도 오늘이 3번째로 맹획을 붙잡을 날이 될 것 같소이다. ㅋㅋㅋ"

"그렇군요. 역시 제갈량 사마는 대단하십니다."

"마쨩, 지금 당장 쩌리들 집합시키시오."

"예."

어느덧 밤이 되었다. 맹우가 불화살을 하늘 높이 날려 신호를 보내겠단 말만 믿고 촉군의 진채 앞에 매복해 있었던 맹획의 군사들이었다. 한 자정쯤 되었을까. 계획한 대로 불화살이 나타나지 않자 답답함을 느낀 맹획이 옐로레인저 아회남과 핑크레인저 동도나에게 물었다.

"님들, 걍 ㄱㄱㅅ?"

"ㅇㅇ"

"ㅋㅋㅋㅋ"

남만군이 파죽지세로 촉군의 진채에 쳐들어갔으나 페이크다, 병신들아. ㅋㅋㅋ 진채에는 개미 새끼 한 마리도 없었다. 어느새 촉군이 사방에서 에워쌌고, 남만군은 바비큐가 되기 직전이었다. 우선 맹획은 파티를 연 것으로 추정되는 막사에 들어갔는데, 그곳에는 술에 찌든 맹우가 혼자 자리하고 누워 있었다. 이에 빡친 맹획이 맹우를 붙들며 말했다.

"야 이 맹우 개자식아! 작전 수행은 하고 뻗어야 할 것 아니냐?"

"흐ㅇㅇㅇㅇ므므므…."

"응? 이거 상태가 심각한데? 설마 제갈량 녀석, 술에 수면제라도 탔나? 시발!"

맹획이 맹우를 업고 바깥에 나왔는데 이미 상황은 정리되어 있었다. 쩌리들이 맹획을 산 채로 포획했고, 어느샌가 나타난 제갈량이 그에게 물었다.

"남만 왕 맹획이여, 이번이 세 번째구려. ㅋㅋㅋ 어떻소? 아직도 저항하겠소?"

"물론! 이번에는 바보 같은 동생 때문에 이렇게 된 것이요. 제대로 싸운다면 절대 지지 않을 것이오."

"흠, 그렇군. 좋소. 다만 이 소설에서 너무 재미없게 굴면 그땐 사형할 것이오. ㅇㅋ?"

"헐. ㅋㅋㅋ ㅅㅂ ㅋㅋㅋㅋㅋㅋ 나 지금 협박받는 거임? ㅋㅋㅋㅋ"

세 번째로 맹획을 보내 준 제갈량, 그는 일이 순조롭게 진행되자 흡족했다. 앞으로 4번만 관광시키면 남만 정벌이 끝난다. 제갈량은 그렇게 생각하였다. 한편, 맵핵 수준인 평만지장도의 존재를 모르는 맹획은 계속해서 아군을 의심하기 시작했고, 결국 맹획은 자기보다 먼저 진채에 복귀한 아회남과 동도나에게 계속해서 깝쳤다.

"님들, 솔직히 말하시오. 혹시 촉나라와 내통하고 있소?"

이에 아회남과 동도나는 입을 모아 말했다.

"뭔 개소리십니까. ㅋㅋㅋ 우리가 왜 내통함?"
"맹우! 옳은 소리를 할 때까지 이 개자식들의 주리를 틀어라!"
"ㅇㅋㅇㅋ"

주리를 트는 게 얼마나 아플지는 안 당해 봐서 잘 모르겠으나, 형벌을 멈추지 않고 계속 이어서 하자 비로소 거짓말들이 튀어나왔다. 바로 그것은 제갈량의 간첩 역할을 했다는 것. 맹획은 "그럼 그렇지!" 하며 몇 마디를 했다.

"지금은 뒤지고 없는 망아장과 금환삼결도 촉과 내통했나 의심스러웠는데, 드디어 사건의 전모가 드러났군! ㅋㅋㅋ 크헤헤헤, 너희는 사형이다!"

이윽고 뎅겅 하는 소리가 두 차례 들리더니 옐로레인저 아회남과 핑크레인저 동도나가 저세상으로 가 버렸다. 이제 어디에 의지해야 할지 고민하던 찰나, 맹우가 고했다.

"독룡동의 그린레인저 타사에게 가 보도록 하죠. 독룡동이야말로 ㄹㅇ 천연의 요새 아닙니까!?"

독룡동, 왜인지는 모르겠으나 지나가는 길마다 독기가 뿜어져 나오기도 하고, 마시는 물마다 썩어 있어서 마신 사람은 뒤진다고 한다. 아무래도 5급수인 모양이다. 독룡동 회의장, 그린레인저 타사는 어깨를 으쓱대며 말했다.

"맹획 대왕, 아무리 제갈량이 귀신같아도 이 독룡동의 함정들을 무사히 통과할 수는 없을 것이오. 이제 이곳에서 발 뻗고 자도 된단 소리요."
"ㅋㅋㅋㅋㅋㅋ 타사여, 일이 잘 풀리면 나중에 당신에게 술 한번 쏘겠소이다."

한편, 독룡동의 근처까지 진군한 촉군은 도중에 멈춰 서지 않을 수 없었다. 육안으로 봐도 알 정도로 앞길에 독기가 피어오르고 있었기 때문이다. 제갈량은 우선 5리 떨어져서 진채를 세우고 평만 지장도를 확인해 봤는데, 우회로 같은 길은 없었다. 즉, 정면으로 나아가는 수밖에 없었다. 제갈량이 한탄하며 말했다.

"이런 시발노무…. 저 독기는 언제 끝날지도 모르겠군. 여기만 통과하면 마실 물이 4군데가 있는데…. 왕평!"
"예, 제갈량 승상."
"자네가 「정글의 법칙」 시청자라 들었소. 일부 병사를 이끌고 독룡동까지 길을 탐험해 주시오. 촉군이 움직이는 건 그 이후의 일이오."
"ㅇㅋ, 알겠심더."

하지만 왕평을 떠나보낸 뒤 3일째, 아무리 기다려도 소식이 들려오지 않았다. 이에 제갈량은 세컨으로 마속을 써 보기로 했다. 제갈량이 마속에게 갑옷을 입히며 신신당부했다.

"마쨩, 자네의 임무는 먼저 간 왕평과의 합류가 먼저요. 두 번째는 독룡동까지의 길을 개척하시오. 자네라면 해낼 수 있을 것이오."
"알겠습니다, 제갈량 사마. ㅎㅎ"

마속은 병사를 일부 이끌고 독기를 뿜는 장소에 이르렀다. 낮 시간대라 그런지 무더위에 독기가 더 진동하는 듯했다. 마속은 왕평이 어떻게 이 길을 통과했을지 고심하고 있는 가운데, 마속 휘하의 병사 하나가 저쪽을 가리키며 말했다.

"마속 장군님, 저기 표지판입니다! 아마도 왕평 장군님께서 박아 놓으신 것 같습니다!"

"오오, 뽑아 들고 오너라!"

표지판에는 이렇게 쓰여 있었다.

> 18시부터 20시까지 통과할 수 있음. 나도 현지인한테 첨 들었음. ㅋ

이것은 완전 꿀팁이었다. 18시가 되더니 정말로 독기가 사라졌다. 굳이 방독면을 준비할 필요가 없단 말이었다. ㅋㅋㅋ 다만 독기가 사라지기까지 시간이 많이 필요했기에 마속의 병사들은 마실 물이 필요했다. 근데 놀랍게도 물을 원하고 있을 때 전방에 호수가 하나 나타났다. 이에 병사들이 앞다투어 물을 마시려 들었다. 그러나 마속은 이번에도 뭔가 있을 것 같단 생각이 들었다. 좌우를 살피는데 또 하나의 표지판이 보였다. 마속이 다가가서 확인해 보니 표지판에는 이렇게 쓰여 있었다.

> 이 호수는 마시면 뼈가 녹슬어 뒤짐.

"헐. ㅋ 얘들아, 멈춰!"

상관의 명령에도 불구하고 마속의 병사들은 앞다투어 물을 마시려 들었다. 이윽고 첫 빠따가 "으어억!" 하며 쓰러지자, 그제야 병사들이 물을 마시길 그만두었다. 참담한 광경을 본 마속이었으나 물을 어디서 구해야 할지 너무나도 막막했다. 평만지장도에는 분명 4군데의 호수가 있었으나, 이 호수처럼 다른 호수도 썩었을 가능성이 너무나도 컸기 때문이다.

"혹시 내 도움이 필요하시오?"

그때, 마속의 뒤편에서 한 남자의 목소리가 들렸다. 마속이 그에게 물었다.

"외모가 참으로 인자하신데, 대체 누구십니까?"
"남만 왕 맹획의 형인 맹절이요."
"헐! ㅋㅋㅋㅋ"
"장군께서 고생하실까 봐 몸소 찾아왔소. 왕평 장군 일행도 우리 집에서 신세 지고 있으니 따라오시오."
"오오…. ㄱㅅㄱㅅ"

제 5 장
남만 토벌전 3

마속이 병사들을 데리고 맹절을 따라가자 그곳에는 보통 크기의 저택과 옆쪽에는 맑고 맑은 작은 호수가 하나 있었다. 그 호수 쪽에는 왕평과 더불어 소수의 병사가 목을 축이며 휴식을 취하고 있었는데, 다들 죽다 살아난 듯한 표정을 짓고 있었다. 왕평은 마속이 이곳에 온 것을 보자 자리에서 일어났다.

"마속 장군님! 무사히 오셨구려!"
"후후, 자네가 표지판으로 위험을 알려 주었기에 큰 피해 없이 올 수 있었소."
"그렇군요. ㅋㅋ"

맹절이 호수의 물을 바가지로 퍼서 꿀꺽하고 마시더니 마속에게 권하였다.

"자, 보시다시피 ㄹㅇ 1급수요. 마속 장군도 한입 들이켜시오."
"평만지장도는 분명 호수가 4개뿐이라 했는데…. 하여튼 알겠습니다. 다들 여기서 휴식을 취한다. 실시!"

물 부족 국가에서 겪는 아픔을 대강 해결하자 마속과 왕평은 저택 내에서 맹절과 여러 이야기를 나누었다. 좀 놀라운 점은 맹절이 원래 1대 남만 왕이었다는 것이다. 근데 시발스럽게도 맹획이 남만 왕이 되기 위해 거짓 소문을 퍼뜨린 것이다. 그 거짓 소문이란 맹절이 중국군과 남만군을 하나로 통일시킬 방책을 모색 중이라는 것. 이 무슨 귀신이 곡할 노릇인가. 하지만 머리가 반쯤 비어 있는 레인저들이 맹획의 편을 들기로 하였고, 결국 맹절을 추방했다. 그렇기에 맹절은 이런 숲속에 은거하고 있었고, 중국군이 언젠가 남만군을 토벌할 날이 오길 바라며 하루하루를 보내고 있었다. 내용을 모두 알아들은 마속이 그에게 물었다.

"ㅋㅋ 맹절 님, 저희가 복수해 드리겠습니다. 근데 혹시 방책이 따로 있습니까?"

"여기서 멀지 않은 곳에 양봉이란 자가 있소. 그는 내 매니저나 다름없는 존재로, 그도 나처럼 현 상황에 불만을 품고 있기에 군사를 알게 모르게 모으고 있소이다. 그에게 가서 의논해 보시오."

"부왘ㅋㅋㅋㅋㅋㅋㅋㅋㅋ 정말 감사합니다, 맹절 님. 일이 잘 풀리면 제갈량 사마에게 부탁해서 남만 왕으로 봉하겠습니다. 이거 트루임!"

"ㅇㅇ 제발 부탁이니 그 상병신 동생 좀 아주 발라 버려 주시오."

한편 독룡동 회의장, 이곳은 아직 싸움에서 이기지도 않았는데 완전 파티 분위기였다. 촉군이 절대 독룡동의 퍼즐을 풀고 오지 못할 것이라는 게 그들의 생각이었다. 그때, 회의장 안으로 난입한 무리가 있었으니, 바로 양봉과 여성 무장이었다.

"여, 프렌드! 나 양봉이오! 클럽녀들 좀 데려왔는데, 함께 놉시다!"

이때 맹획의 눈은 휘둥그레졌다. 여자들을 더 데려오다니. 마침 내 소맥 판이 벌어졌다. 여성 무장들은 칼춤을 추며 눈요기가 되었고, 그중 하나가 「남행열차」를 부르는데, 완전 전율이었다. 맹획과 맹우, 타사는 박수를 쳐 대며 얼씨구 좋다 하였다. 남자들이 여자를 하나씩 끼고 놀다가 슬슬 하나씩 뻗고 있었는데, 이때였다.

"자, 얘들아! 술에 찌든 이 개새끼들을 전부 포박해라! 어서!"

바로 양봉의 목소리였다. 양봉의 지시에 따라 여성 무장들이 일제히 들고일어났다. 그녀들은 맨투걸 마크로 들어갔고, 맹획의 일행을 전부 사로잡았다. 이제야 회의장으로 난입한 마속과 왕평이 온갖 정리 작업에 들어갔고, 현장에는 제갈량의 모습도 보였다. 맹우나 타사와 같이 손발이 모두 묶인 맹획이 정신을 차린 채로 제갈량에게 "ㅅㅂ ㅅㅂ"하며 말했다.

"야, 이 치사한 제갈량 새끼야! 이번엔 또 무슨 방법으로 여기를 올 수 있었던 것이냐!"

"ㅋㅋㅋㅋㅋㅋㅋㅋㅋ 다 방법이 있소. 어디 보자, 이번이 네 번째로 붙잡혔구려. 계속하시겠소?"

"물론! 우리 남만은 아직 중국군에게 굴할 준비가 되지 않았다. 이번엔 전쟁에 여자까지 쓰다니, 그래도 이제 두 번 다시는 안 통한다! 알겠느냐!"

"ㅇㅇ 당신은 진짜 부끄러움을 모르는 듯하오. 마쨩, 왕평, 맹획과 맹우를 풀어 주거라."

"엥? 아니, 나랑 맹우 녀석만 풀어 준다면…. 그럼 타사는? 뭐임?"

"죽일 것이오. 위연!"

"넹. ㅋ 이얍!"

맹획과 맹우가 보는 앞에서 위연은 타사의 목을 뎅겅 하고 날렸다. 이것은 계속 붙잡아도 포기할 줄을 모르는 맹획에게 주는 경고였다. 맹획과 맹우는 후덜덜 떨며 촉군의 진채를 빠져나와 자신의 근거지인 은갱동으로 이동했다. 그곳에는 일부 남만군과 맹획의 와이프, 축융 부인이 있었다. 축융 부인은 온몸이 더럽혀진 맹획에게 따지고 들었다.

"아니, 여보! 그 꼴은 도대체 뭐예욧! 촉군 발라 버리고 온다면서욧!"
"미안해, 자기. 내가 웬만하면 다 개관광해 버리는데, 지금 촉군 내부에는 제갈량이란 치사한 놈이 있거든. 자기의 힘이 필요해."
"ㅎㅎ 하긴 내가 좀 세죠. 앞장 서세욧!"
"ㅇㅋㅇㅋ"

축융 부인, 그녀는 비록 여자이지만 다트의 달인이다. 그녀의 겉옷 내부에는 여러 단도가 숨겨져 있어, 일기토를 할 때마다 자주 애용하였다. 하여튼 촉군은 평만지장도를 봐 가면서 남만 왕 맹획의 본거지, 은갱동으로 갔다. 그때 한 여성 장수, 축융 부인이 남만군과 함께 모습을 드러냈다. 이때 촉군의 선봉이었던 조운과 위연은 선봉에 오랫동안 섰으므로 로테이션으로 쉬고 있었다. 쩌리들로 대체되었단 뜻이다. 장억과 마충이 그녀를 보더니 내심 놀라움을 감추지를 못했다. 먼저 장억이 소감을 말했다.

"와 씨, 몸매가 장난 아니네. 그대는 누구인가?"

"난 남만 왕 맹획의 부인, 축융이에욧! 얼른 덤비세욧!"
"ㅎㅎ 사로잡으면 성희롱 좀 해야지. 마충, 나부터 출격하겠소."
"ㅅㅂ 그래도 혹시 모르니 조심하시오."

장억은 말을 박차고 앞으로 나아갔다. 이어서 둘이서 일기토를 하는데, 축융 부인이 힘에 부치는지 꽁무니를 빼기 시작했다.
"뭐야, 별거 아니네. ㅋㅋㅋ"

그녀의 뒤를 따라가는 장억. 하지만 이것은 페이크였다, 병신들아. ㅋㅋㅋ 축융 부인이 몸을 비틀더니 단도 하나를 꺼내 장억을 향해 던졌고, 단도는 장억의 오른팔에 명중했다.

"헐. ㅅㅂ 이게 페이크였다고?"

축융 부인의 단도를 맞고 말에서 떨어진 장억, 그는 곧장 남만군에게 붙들렸다. 아니, 이럴 수가, 남자가 여자한테 지다니…. 쪽팔린 마충이 서둘러 축융 부인의 앞으로 달려 나가 소리쳤다.

"야 이 개년아, 내가 바로 마충이다. 얼른 장억을 내게 넘겨라!"
"힘으로 뺏어 보세욧! ㅎㅎ"
"자, 간다!"

마충, 그는 1합에 축융 부인 앞에 무릎을 꿇었다. 장억과 마충이 하필 한 여자에게 당하다니…. 이것은 촉군에게 있어 심상치 않은 일이었다. 제갈량은 회의를 소집했고, 마속이 먼저 나서서 말했다.

"제갈량 사마, 아무래도 그 축융이란 여자는 쩌리들에게 맡길 수 준은 아닌 것 같습니다. 단도 활용이 다트 던지듯 기가 막히니 이 번엔 위연에게 뒷일을 맡기심이….”
"음, 위연이라면 어떻게든 되겠지.”

하프 타임이 끝나고 이어서 후반전, 축융 부인이 또다시 병력 일 부를 이끌고 촉군 진채 앞에 모습을 드러냈다.

"자, 남자분들! 얼른 나오세욧! 나는 축융이에욧!”
"나를 불렀는가?”

이때, 위연 혼자 말을 타고 진채 바깥으로 나왔다. 그는 축융에게 도발을 하기 시작했다.

"웬 여자가 전쟁터에 나오는가? 집에서 밥이나 차리시지?”
"헐! 나 축융, 조금 화났습니다. 다시 한번 말해 보시지요?”
"집에서 밥이나 차리라고. ㅋㅋ 설거지도 하고 빨래도 너시지?”
"에잇, 갑니다욧!”

순간 개빡친 축융 부인이 위연에게 달려들었다. 한 10여 합쯤 되 었을까. 아무래도 축융 부인 쪽이 밀리는가 싶더니 이내 축융 부인 이 도망쳤다. 위연이 그녀를 뒤따라갔을 때, 예상대로 그녀가 몸을 비틀어 단도를 던졌다. 근데 놀라운 건 다음 차례였다. 자기한테 날아온 단도를 왼손으로 잡은 위연이 그대로 축융 부인에게 다시 단도를 날렸다. 그것은 축융 부인의 등에 명중했고, 그녀는 말 아 래로 떨어졌다. 위연 휘하의 병사들이 그녀를 포획했고, 전과를 올린 위연은 의기양양하게 촉군 진영으로 개선했다.

"헐! 시발! 내 자기가 촉군에게 붙잡히다니! 안 돼, 자기야!"

자기 아내를 잃어버리는 것은 얼마나 슬픈 일인가. 남만군의 진채에서 일기토를 관망하던 맹획은 오열했다. 이때 옆에 있던 맹우가 그에게 권했다.

"형님, 마침 우리에겐 사로잡은 장억과 마충이 있습니다. 둘과 형수님을 맞교환하는 게 어떨까요?"

"ㅅㅂ…. 하는 수 없구나. 그렇게 하도록 하자."

이로써 쩌리들과 축융 부인의 교환이 이루어졌다. 장억과 마충이 촉 진영으로 돌아오자 제갈량이 그들을 질책했다.

"야 이 쓰벌놈들아, 어떻게 여자한테 질 수가 있냐? 반성해라! 정진해라! 알았느냐?"

"죄송합니다! 제갈량 님!"

"흠, 축융이라는 카드를 대비한 이상, 남만군에게 어떤 변화가 있을 터…. 그것이 무엇인지가 중요하겠군. 우선 상황을 본 다음 진격하겠다."

한편, 남만군으로 돌아온 축융 부인이 맹획과 의논하였다.

"여보, 이대로라면 우리가 촉군에게 발릴 텐데욧! 무슨 좋은 의견 없나욧?"

"음, 여기 은갱동에서 좀 더 남쪽으로 내려가면 코끼리 부족이 있는데, 목록이라 하는 자가 두목이다. 내가 이 녀석하고 좀 친한데,

이번 기회에 도움을 요청하는 게 좋겠어. 그쪽으로 가도록 하지.”

　정확히 하루가 지나자, 은갱동에 주둔해 있던 남만군은 모조리
사라졌다.

제 6 장
남만 토벌전 4

맹획의 거처인 은갱동을 지나 남쪽으로 40km 행군을 하다 보면 팔납동이란 곳이 나온다. 그곳에는 목록이라 불리는 대왕이 있었고, 맹획 일행은 지푸라기라도 잡을 기세로 그에게 찾아갔다. 팔납동 회의장, 여러 가지로 설명을 전해 들은 목록이 맹획 일행에게 고했다.

"ㅋㅋㅋㅋㅋ 이제 아무 걱정 마시오, 맹획이여. 우리 부족은 코끼리뿐만 아니라 맹수도 키우고 있소. 촉군에게 동물의 무서움을 내 직접 보여 주겠소이다."

이 얼마나 믿음직한 소리인가. 맹획이 고개를 끄덕이며 그에게 말했다.

"아무리 천하의 제갈량이라도 필시 당신의 군사들에게 관광당할 것이오! 어디 한번 기대해 보겠소이다!"

이때 촉군은 로테이션 전술을 계속해서 활용하였기에, 이번 선봉장은 조운과 위연이었다. 팔납동 코앞까지 왔는데, 갑자기 웬 코끼리 조련사와 맹수 조련사들이 자기 동물들을 이끌고 성 바깥으로 나왔다. 이 중에 가장 큰 코끼리를 탄 목록이 큰 목소리로 외쳤다.

"야 이 촉 같은 개자식들아! 오늘로 너희들은 죽은 목숨이다! 뒤지기 싫으면 지금 당장 남만에서 물러서거라!"

이때, 조운이 어이가 없다는 듯 크게 반발했다.

"뭐라? 촉 같은? 이런 웃기지도 않는 언어유희를 쓰다니…. 너도 그렇고 졸병들도 하여간 생긴 건 진짜 야만스럽구나. 나 상산의 조자룡, 네놈들을 싹 쓸어버리겠다! 다 덤벼, 이 새끼들아!"

목록의 수준 낮은 도발에 호응한 조운, 그는 말을 박차고 먼저 앞으로 달려 나갔다. 이때였다. 목록이 호루라기 소리를 내니 사나운 맹수들이 조련사들에게서 벗어나 조운을 향해 덤벼들었다. 원래대로면 맹수들이 이겨야 정상이지만 조운은 진정 용사였다. 저번에도 장판파에서 아두 유선을 구한 사람이 아닌가…. 그는 혼자서 맹수들을 상대로 100킬 0데스를 달성하였다. 이제 더 이상의 맹수는 없었다. 조운이 외쳤다.

"자, 목록의 군사들을 발라 버리자! 가즈아!"

조운의 용맹함에 혀를 내두르며 감탄하던 위연이 정신을 차리고 병사들을 이끌어 중반 러시를 했다. 목록이 큰 코끼리를 지휘하며 혼자서 무쌍함을 펼치는 조운에게 다가갔다. 이때, 조운이 검집에서 검 하나를 뽑아 외쳤다.

"청공검이여, 나를 이끌어라!"

이건 뭐 무슨 판타지도 아니고. ㅋㅋㅋ 하여튼 조운은 그걸로 목록의 큰 코끼리를 3합에 제압했다. 코끼리가 중심을 잃고 쓰러지자 목록이 옆으로 떨어졌고, 조운은 그를 일도양단했다. 참 안타까운 점은, 목록이 팔납동에서 군사들을 이끌고 바깥으로 나왔을 때 실수로 성문을 안 닫았다는 것이다. 아무래도 맹획은 목록이 반드시 이길 것이라고 여긴 모양이다. 하여튼 위연이 이끄는 군사들이 질풍 같은 속도로 성문을 통과하였고, 맹획과 맹우, 축융을 또다시 붙잡았다. 이젠 몇 번째로 잡힌 것인지 헷갈리기까지 했다. ㅋㅋㅋ 하지만 제갈량은 기억력이 좋다 보니 잘 세고 있었다. 팔납동 회의장, 밧줄에 양손이 묶인 맹획 일행이 제갈량 앞에 무릎을 꿇었다. 제갈량이 낄낄거리며 웃더니 그들에게 말했다.

"아아, 맹획이여. ㅋㅋㅋ 이번이 몇 번째로 잡힌 것인지 아시오? 5번이오."
"…."
"아직 2번이나 더 남았소만, 혹시 몰라서 묻겠소. 우리 촉군에 항복할 생각 없소?"
"여보, 우리 이제 그만 항복하는 게 어때욧?"

제갈량이 여러모로 권유하고 있는데, 이때 축융 부인이 맹획에게 제안을 하였고, 그는 말도 안 된다는 듯이 거세게 반발했다.

"무슨 소리야, 자기! 난 절대 굴할 수 없다고! 제갈량! 난 분명히 7번 붙들리면 항복하겠다고 했다. 이제 와서 말을 바꾸진 않는다!"
"흠, 하는 수 없군. 마쨩, 실행해!"
"예, 제갈량 사마. ㅋㅋㅋ"

제갈량 바로 옆에 서 있던 마속이 지시를 받더니 맹우를 붙들고 바깥으로 나갔다. 이에 깜짝 놀란 맹획이 제갈량에게 물었다.

"아, 아니! 제갈량! 내 동생 맹우에게 무슨 짓을 하려는 거냐!"
"저번 타사와 마찬가지로 죽일 것이오. ㅋㅋㅋㅋㅋ"
"헐, 이런 시바….."

　시간이 얼마 지나지 않아 맹우의 외마디 비명이 들렸다. 이미 작업이 끝난 모양이다. 제갈량이 맹획에게 재차 경고했다.

"자, 다음에 또 붙잡히면 그땐 자네의 부인, 축융을 죽일 것이오. 애들아, 이 멍청한 녀석들을 풀어 주거라. ㅋㅋ"
"와, 진짜 비신사적인 새끼. ㅋㅋㅋㅋㅋ 네가 사람이냐? 짐승이지! 야만인인 나보다도 엄청 심각하구만! 내가 다음엔 기필코 네 녀석을 사로잡아 보이겠다!"
"과연 그게 되겠소? ㅋㅋ"
"된다, 되고말고! 우선 이 밧줄부터 풀어 주시오."

　맹획과 축융 부인 단둘이서 도망가자 제갈량은 소지하고 있던 평만지장도를 꺼내 들었다.

"ㅋㅋ 이 새끼들 다음엔 분명히 여기 보이는 오과국에 의지할 게 틀림없소. 마쨩, 스마트폰 좀 주시오."
"예, 제갈량 사마. ㅎㅎ"
　제갈량이 마속에게 스마트폰을 빌린 까닭은 평만지장도를 작성한 영창의 여개에게 조언을 얻기 위해서였다.

"여보시오. 여개, 나 승상 제갈량이오."

"헛, 제갈량 님! 무슨 일로 전화하셨습니까? 평만지장도에 뭔가 문제라도 있습니까?"

"맹획 일행이 오과국으로 도망칠 것 같소. 오과국이 어떤 나라요?"

"아아. ㅋㅋ 오과국에는 올돌골이란 왕이 있을 겁니다. 걔들 아마 등갑 옷 같은 거 착용하고 있을 텐데요."

"헐, 등갑 옷이 무엇?"

"칼이나 화살을 팅겨 내는 병맛 같은 옷입니다. 파훼법은 스마트폰으로 검색 좀 해 보세요. 저 지금 배터리가 없거든요? ㅋㅋ 아, 그리고 다음엔 보이스톡으로 부탁드립니다."

"고맙소, 여개."

제갈량이 스마트폰으로 검색해 보자 등갑 제조법이 떡하니 나타났다. 바로 제작할 때 옷을 기름에 여러 번 말린다는 것. 이 정보를 터득하자 제갈량이 흡족해하며 여러 장수에게 설명하였다.

"옷 만드는 데 기름을 쓰다니…. 불화살을 쓰면 겜셋이잖아? ㅋㅋ"

한편, 팔납동에서 또다시 남쪽으로 40km를 행군하여 오과국에 방문한 맹획과 축융 부인, 둘은 등갑군의 수장 올돌골에게 절을 올리며 내심 부탁했다.

"올돌골이여, 내 절을 받으시오. 그리고 제발 내 동생을 죽인 개 같은 촉군을 토벌해 주시오!"

"ㅋㅋㅋㅋㅋㅋ 아니, 남만 왕 맹획, 자네 신세가 말이 아닌 것 같소. 예전에 나한테 깝칠 땐 언제고. ㅋㅋㅋㅋ 걱정 마쇼. 우리가 사용하는 등갑은 자그마치 39,800원으로 40,000원이 채 안 되는 가격으로 다량 구입하여 착용하고 있소. 우리 병사 전부 등갑을 끼고 있다는 소리요.”

등갑 하나에 엄청난 자부심을 보이는 올돌골이었다. 촉군의 선봉을 맡은 쩌리들이 그와 맞서 싸웠는데, 과연 말 그대로 등갑은 칼과 화살을 튕겨 내는 참 뭐 같은 방어구였다. 쩌리들은 제갈량의 지시대로 우선 후퇴를 하였다. 반사곡이란 계곡으로 촉군들을 추격하여 몰아세운 올돌골이 히히거리며 외쳤다.

“촉군도 여기까지다. 자, 등갑군들이여. 촉군을 압살해 버리자! 진격! ㅋㅋㅋ”
“여기까지인 건 너희다!”
“엥? 누구냐? 이 큰 목소리는? 설마 제갈량인가?”

올돌골이 당황스러워하고 있는데, 반사곡의 앞길과 퇴로에 매복되어 있었던 촉군이 불화살을 날리기 시작했고 미리 심어 놨던 스파이더 마인에 의해 올돌골과 등갑군이 불을 서로 교류하더니 모두 전멸했다.

오과국에 대기 타고 있었던 맹획과 축융 부인은 조운과 위연, 마속의 군사들이 사로잡았다. 반사곡에서 큰일을 치른 제갈량과 쩌리들은 오과국에 입성하였고, 맹획이 밧줄에 묶인 채로 “ㅅㅂㅅㅂ” 하고 있는데, 마침 당도한 제갈량이 진지한 얼굴을 하며 말했다.

"자, 나는 약속을 지키는 사람이오. 마쨩, 축융을 죽이시오."
"네, 제갈량 사마. ㅎㅎ"

마속이 축융 부인을 무력으로 끌고 가는 와중에, 축융 부인은 눈물을 흘리며 외마디 비명을 질렀다.

"아악! 여보!"
"아아, 자기야!"

결국 생애를 마감하게 된 축융 부인, 이제는 맹획 혼자뿐이었다. 더 이상 의지할 사람도 없었다. 그런데 놀라운 것은 제갈량의 반응이었다.

"맹획이여, ㅋㅋㅋ 6번 잡았으니 이제 한 번 남은 것 같소. 어떻게 하시겠소? 또 덤빌 거요?"
"그, 그건…."
"얘들아, 맹획을 풀어 주거라!"
"예이!"

진짜로 맹획을 풀어 준 제갈량, 그는 정말 맹획을 7번 붙잡을 생각인 듯했다. 이에 맹획은 눈물을 보이더니 기운을 내어 말했다.

"아아, 제갈량…. 당신은 날 장난감처럼 갖고 노는 구려…. 시발, 더는 기력이 없는데 말이오. 내 동생 맹우도 죽고, 부인도 죽고…."
"촉나라 승상으로서 명하겠소. 썩 꺼지시오, 맹획이여. ㅋㅋㅋㅋ"
"그래, 가겠소…."

촉군 진영을 벗어난 맹획, 그는 정처 없이 떠돌아다녔다. 얼마나 더 걸었을까. 맹획의 앞길에 사람 하나가 막아섰다.

"오랜만이군, 맹획."
"아, 아니, 형님?"

그는 바로 맹획의 형인 맹절이었다.

제 7 장
남만 토벌전 5

맹절은 마치 이날만을 기다렸다는 듯 썩소를 지으며 반겼다. 맹절이 진지한 투로 말했다.

"자, 맹획. 이번에 네가 이겨야 할 자는 바로 나다. 1대 남만 왕이었던 나를 거짓 소문으로 탄핵한 네 녀석을 용서하지 못하겠거든? ㅋ"

"아, 아니…. 형님! 내가 계략으로 남만 왕의 자리를 빼앗은 것은 맞소. 하지만 형님도 인간의 욕심은 끝도 없다는 사실을 알잖소! 난 형님을 싫어하진 않는단 말이오!"

"닥쳐라, 맹획! 난 어떻게 해서든지 네 녀석을 개관광시키고 제갈량에게 네 머리를 바칠 것이다! 그래야 내가 남만 왕이 될 수 있단다. ㅇㅋㅂㄹ?"

"잠깐만, 형님. 난 제갈량 그 한 새끼 때문에 부인이며 동생이며 모든 것을 잃었소. 형님까지 잃고 싶진 않단 소리요! 남만 왕 자리가 그렇게 탐나면 그냥 드릴 테니 용서를…."

"문답무용, 간다! 검을 꺼내라, 맹획!"

"이런, 시발!"

사실 맹절은 이도류의 달인이었다. 두 검을 검집에서 꺼낸 맹절이 전광석화와 같이 달려들어 맹획을 몰아세웠다. 맹획 자신도 죽고 싶지는 않은지라 발검하여 맞섰다. 맹획이 계속해서 방어해 가며 형에게 자신의 심정을 토로했다.

"이제 그만합시다, 형님! 내가 잘못했소!"
"닥쳐, 닥쳐! 아직 멀었다!"

마침내 맹절의 크리티컬이 발동했다! 높이 점프하더니 맹획을 향해 검을 내려찍었다. 하지만 맹획은 이 공격을 예상했다. 옛날 옛적에 둘이 검술 수련을 하면서 알게 된 공격 패턴이었기 때문이다. 여하튼 맹획은 이 공격을 막고 나서 곧바로 딜레이 캐치를 했다. 막을 틈도 없었던 맹절은 배에 칼빵을 맞았고, 뒤로 쓰러졌다. 맹획이 울부짖으며 말했다.

"아이고, 형님! 괜찮으십니까!"
"이게 괜찮은 걸로 보이냐, 쓰벌!"
"배에 출혈이 심각하오. 맹절 형님, 내 등에 타시오."

아무리 야만인이라지만 형제간의 우애만큼은 문명국 못지않았다. 맹획은 맹절을 등에 업고 그대로 촉군 진영으로 갔다. 거의 다 다르자 맹획이 크게 소리쳤다.

"내 맹절 형님의 상태가 위독하오. 제발 형님을 살려 주시오!"

어떻게 보면 자수이고, 어떻게 보면 항복이었다. 맹절은 촉군 응급실 의료진에게 넘겨졌고, 맹획은 제갈량이 거처하는 막사에 직접 찾아갔다. 맹획, 그는 제갈량 앞에서 비장한 모습을 보였다.

"제갈량, 나는 분명 7번 잡히면 항복하겠다고 했소. 안 그렇소?"
"ㅋㅋㅋㅋ 그렇소이다. 어떻소, 진짜로 항복할 거요?"

"물론이오. 나 남만 왕 맹획은 촉나라에 충성을 맹세하겠다. 만약 또 거역하면 하늘이 날 죽일 것이오!"

"ㅇㅋ 진정 남자이구려. 약속을 어기지 않으니 참 보기 좋소. 오늘로 남만 토벌도 마무리되었으니, 파티나 엽시다. 어떻소, 맹획이여?"

"크헤헤헤, 환영이오! 난 막걸리를 굉장히 좋아하는데, 막걸리 있소?"

"아마 있을 것이오."

"흠, 그렇군. 잠깐 화장실 좀 갔다 오겠소."

맹획이 잠깐 볼일을 보러 나간 사이에, 마속은 제갈량과 짧은 시간 동안 속닥거렸다. 그리고 얼마 되지 않아 파티가 열렸다. 맹획은 마속으로부터 지정된 자리에 앉았고, 촉장들이 자리를 골라 앉은 가운데, 제갈량이 여러 장수의 고생을 치하하며 말했다.

"제군들이여, 남만을 토벌하느라 그동안 고생 많았소. 자, 잔에 막걸리가 있을 것이오. 잔을 드시오! 촉나라의 번영을 위하여, 건배!"

"건배!"

다 같이 막걸릿잔을 들이켜는데, 갑자기 토를 하는 사람이 있었다. 그는 바로 맹획이었다. 맹획은 피와 막걸리를 토하더니 옆으로 쓰러졌다. 촉장들이 놀라워하고 있는데, 유독 제갈량과 마속의 표정이 밝았다. 마속이 파티에 참석한 모든 장수에게 제갈량 대신 고했다.

"자, 자, 진정하시오. 내가 조금 전에 제갈량 사마와 토의한 결과,

무개념인 맹획을 죽이고 개념인 맹절 님을 남만 왕에 봉하기로 했소. 뭣들 하느냐! 더러운 맹획의 시신을 치워라!"

다음 날, 맹절의 상태가 호전되었다는 사실을 접한 제갈량이 응급실로 찾아갔다. 침상에 누워있던 맹절이 제갈량을 보자 미소를 지으며 말했다.

"다 끝났나 보군요, 제갈량 님."
"음, 그렇소. 나는 우리에게 협력한 당신을 남만 왕에 봉하기로 했소. 앞으로 촉나라와 함께 번영합시다."
"정말 감사합니다. ㅋㅋㅋㅋㅋㅋ"

자, 남만과 촉은 하나로 통일되었다. 맹절은 소수의 병사를 이끌고 촉군을 먼 곳까지 배웅했다. 먼 곳까지 원정을 떠났던 촉군이 의기양양하게 성도로 개선하자 촉나라의 백성들이 월드컵 4강 진출 못지않게 환호를 질렀다. 성도 황궁, 제갈량이 유선 황제에게 있었던 일을 종합해 보고하자, 유선 황제는 실실 웃더니 이제 좀 쉬라고 재촉을 했다. 제갈량이 황궁에서 물러나 저택을 방문하자 의외의 손님이 있었다. 바로 나이를 먹을 만큼 먹은 황승언이었다. 제갈량이 놀라움을 금치 못하며 말했다.

"아닛, 시바. ㅋㅋㅋㅋㅋㅋㅋㅋ 황승언 님, 형주에서 뵙고 못 뵌 지가 참 오래됐는데 아직도 건강하시군요. 어쩐 일로 촉나라까지 오셨습니까?"
"공명, 사실 다름이 아니라…."
"?"

"월영아, 뭐 하느냐. 얼른 오거라!"
"네."

황승언이 부르자 모습을 드러낸 사람은 바로 황월영이라는 황승언의 딸이었다. 몸매는 S 라인에 미모가 엄청났다. 제갈량이 그녀를 두 눈으로 스캔하다가 황승언에게 털어놓았다.

"ㅋㅋㅋ 황승언 님. 이 황월영이라는 여성분은 정말 아름다우신 것 같습니다."
"미모뿐만 아니오. 머리도 좋으니 공명에게 딱 맞을 것이오. 이걸 바로 천생연분이라 하지."

사실 제갈량에게는 아직 부인이 없었다. 그런 마당에 황월영의 등장은 그에게 큰 기회였다. 이때, 황월영이 진심을 담아 외쳤다.

"사랑해요! 공명 님! 절 거두어 주세요!"

하긴, 상대가 승상인데…. 시집보내고 싶은 황승언의 마음은 충분히 이해가 간다. 사실 제갈량도 결혼을 할 나이가 좀 지난 터라, 얼른 결혼해야겠다는 생각이 있었다.

"ㅇㅋ 합시다."

빠르면 빠를수록 좋다. 황승언은 하루도 채 지나지 않아 결혼식을 마련하였고, 태위 마량은 사회를 보았다. 이로써 제갈량과 황월영은 결혼하여 행복하게 살았다. 한편, 위나라에는 큰 변화가 있었다. 헌제를 폐위하고 스스로 황제가 됐던 조비가 오나라를 공격하다 육손에게 통수를 맞고 나서 마음의 병에 걸려 오늘내일한다는 것. 그는 병상에서 사마의와 조진을 불러 얘기했다.

"아오, 시발…. 내 운명도 여기까지구나…. 쿨럭쿨럭, 제발 내 아들 조예를 잘 부탁하오."

조조의 아들 조비, 사망. 조비의 유언에 따라 사마의와 조진은 병권을 움직일 수 있는 힘을 갖게 되었다. 촉나라가 남만을 정벌했다는 소식이 들려오고 있었는데, 보통 일이 아니라고 여긴 사마의는 위나라 차기 황제 조예에게 보고를 하고는 촉나라와 경계선을 맞대고 있는 양주로 향했다. 촉나라가 위나라를 치기 전에 미리 대비를 하겠다는 것이다. 물론 이 이야기는 제갈량의 귀에 고스란히 전해졌다. 어느 날, 제갈량의 저택에 마량이 방문하였고 제갈량은 자기 생각을 털어놓았다.

"계상, 아무리 봐도 위나라의 사마의가 양주로 떠난 것은 우리의 북벌을 대비하기 위함이오. 어떻게 하면 사마의를 제거할 수 있겠소?"
"제갈 형은 하나는 알고 열은 모르는구려. ㅋㅋㅋㅋ 사마의 지금 위나라에서 왕따요. 아무도 사마의 편이 아니라는 것이오."
"흠, 그러하다면?"
"유언비어를 퍼뜨리는 것이오. 위나라를 자기 손에 넣기 위해 양주로 떠나 병사를 조련하고 있다고 하면 누가 안 믿겠소?"
"오오, 계상…. 트루?"
"ㅇㅇ 그렇소."

"그럼 유언비어를 퍼뜨릴 거사를 행할 자는 누가 있겠소?"

"쩌리들 있잖소?"

"아. ㅋㅋㅋㅋㅋㅋㅋㅋ 우문을 했구려. 지금 당장 실행에 옮기겠소."

장익, 장억, 마충, 왕평은 그날로 위나라의 낙양에 잠입하였고, 이미 마련된 포고문 종이들을 벽에 붙이고 다녔다. 글을 읽는 줄 아는 학자 하나가 이를 보더니 허탈해하였다.

"뭐야, 이거? 사마의 완전 개새끼네? 나 사마중달은 위나라로부터 모반하기 위해 모반군을 모집한다고?"

이 소식은 위나라 황제 조예의 귀에도 들어갔다. 화흠이 진언했다.

"황제 폐하, 사마의 그 시발 새끼가 왕따를 당하다 보니 머리가 어떻게 된 것 같습니다. 속히 조진 장군을 보내 제압하는 것이 좋을 줄 아뢰옵니다!"

이때, 왕랑이 좀 더 구미가 당기는 말을 하였다.

"우리가 군사를 파견하면 필시 사마의는 맞서 싸울 것이오. 사마의만 홀로 낙양으로 불러 병권을 거두어야 하오! 님들, 나 천재 아님? ㅋ"

제 8 장
출사표전

한편, 위나라 양주에 머물러 있던 사마의는 매일 군사를 조련하며 언제든지 싸울 준비를 해 나가고 있었다. 이제 조금씩 틀이 잡혀 나가고 있는 와중에 낙양에서 전갈(곤충 아님)이 도달하였고, 사마의는 회의장에서 예를 다해 그를 맞이하였다. 전갈은 칙서를 꺼내 천천히 읽어 나갔다.

"위나라 황제 조예가 고한다. 양주자사 사마의는 천재지변이 없는 한 지금 즉시 낙양 궁전으로 튀어나올 것을 명한다. 이상!"
"예, 알겠습니다. ㅋ 서둘러 향하겠습니다."

안 그래도 훈련 스케줄로 바빠 죽겠는데 낙양으로 자신을 소환하는 황제 조예의 생각을 알 수 없는 사마의였다. 그는 낙양 궁전에 입장하였고, 조예 앞에서 무릎을 꿇으며 신하로서 예를 다했다.

"신 사마의, 대령했습니다. 어떤 일로 저를 부르셨습니까?"
"야 이 새키야, 뒤질래?"
"?"

신명 나게 욕설을 퍼부은 자는 바로 조예가 아닌, 옆에 있던 화흠이었다. 화흠은 자신의 주머니에서 밀서를 꺼내 보이며 말했다.

"이거 네가 쓴 거 맞지? 모반군 모집한다고."

"어, 시발…. 이건 뭐임? 그 종이, 나에게 좀 보여 주시오."

"반박은 사절한다. 모두, 저 새끼를 생포하라!"

그제야 사마의는 정신이 번쩍 들었다. 자신 앞에서 썩소를 짓고 있는 화흠과 왕랑, 그들이 자신을 멸시하여 일을 크게 만들고 있는 것이었다. 이미 황제 조예를 설득했으리라 짐작한 사마의는 묵언 하였고, 왕랑이 조예 대신 명을 내렸다.

"당장 네 고향으로 꺼져. ㅎ"

사마의에겐 같은 편이 없었다. 말 그대로 왕따인 것이다. 그는 고향으로 유폐되었고, 촉나라 쩌리들은 성도로 귀환하였다. 엄청 난이도 높은 퀘스트를 완료한 것이다. 사마의가 쫓겨난 게 확실시되자 제갈량은 쩌리들에게 공을 치하하며 말했다.

"얘들아, 오늘은 빕스다! 내가 쏜다!"

"우와아아아앙! ㅋㅋㅋ 제갈 승상 만세!"

이로써 성도 회의장은 순식간에 파티장으로 변했다. 사마의 따위가 유배되었다고 파티를 열다니…. 촉장들은 이해할 수 없으면서도 한편으로는 파티 분위기를 만끽했다. 제갈량과 같은 테이블에 앉은 태위 마량, 그들은 화기애애하게 이야기를 나누었다. 점차 무르익어 가던 차에 마량이 주제 하나를 던졌다.

"제갈 형이 남만을 토벌하러 간 동안 나는 휴일마다 PC 게임을 즐겼소. 무슨 게임인지 아시오?”

“대체 무엇이오, 계상?”

“바로 스타크래프트라고, 전략 시뮬레이션 게임인데 매우 재밌소이다.”

“아아, 그 게임은 나도 간간이 하고 있소. 계상의 실력은 어떻소?”

“아직 개초보입니다만, 제갈 형을 바를 정도의 실력은 되오.”

“어허. ㅋㅋㅋㅋ 좋은 패기다. 나중에 PC방 가서 투혼 1:1 한판 ㄱㄱ?”

“ㅇㅋ”

마량의 간사한 책략에 의해 사마의가 고향으로 유폐되었으니 앞으로 남은 강적은 조진뿐, 제갈량은 서둘러 위나라를 치는 게 좋겠다고 여겼다. 시간을 주면 줄수록 촉과 위의 격차가 벌어질 따름이었다. 제갈량은 PC방에서 마량에게 마패 관광을 당하고 집으로 돌아와 마침내 출사표(전쟁을 일으키고자 작성한 글)를 작성하였다. 사실 안 써도 되는데 좀 간지 나고 멋있어 보이려고 쓰는 것이었다. 그는 컴퓨터 키보드로 작성한 글을 프린터로 뽑아내어 노동을 마쳤고, 황궁에 출석한 촉나라 황제 유선은 제갈량이 제출한 출사표를 차례대로 읽어 내려갔다.

“유선 폐하, 선제(유비) 폐하께서 돌아가신 지도 오래되었습니다. 선제께서는 대업을 이루지 못하시고 붕어(물고기 아님)하셨고, 신 제갈량 공명에게 그 무거운 짐을 안겨 주었습니다. 솔직히 스트레스 받습니다. ㅋ 스트레스는 만병의 근원이며 해소를 하지 않으면 일찍 병사하게 될 것입니다. 이에 신 제갈량 공명은 이번 기회에 위나라란 싹을 잘라 내고자 보스급 장수인 사마의를 고향으로 유폐시켜 버렸으니, 이는 호기이자 찬스입니다. 선제께서 초야에 은거하던 이 공명을 써 주셨기에 저 또한 촉나라를 위해 목숨 바칠 각오가 되어 있습니다. 시발, 부디 윤허하여 주시옵소서. 제가 기필코 상병신인 위나라를 발라 버리고 말겠습니다."

황제 유선은 다 읽더니 못마땅한 얼굴을 하며 그에게 물었다.

"ㅎㄷㄷ 그냥 평화롭게 살면 될 텐데, 승상께서는 꼭 가셔야겠소?"
"네, 기필코 정복하고 말겠습니다."
"어어, 승상. 솔직히 나 너무 무섭소. 이러다 성도까지 전쟁터가 되는 거 아니오?"
"그럴 일은 만들지 않겠습니다."
"ㅇㅋ 승상만 믿고 가겠소. 아 진짜 무섭네, 무서워. ㅎㅎ"

제갈량은 태위 마량과 장완, 비위, 동윤 같은 인재를 촉나라에 남겨 두기로 하고, 전체적으로 관직을 재편성하였다. 이제 출정을 떠날 일만 남았는데, 이때 마침 정찰병이 최전선 한중 회의장에 당도하여 제갈량에게 보고를 하였다. 그 내용은 위나라의 총대장에 관한 것이었다. 제갈량이 낄낄거리며 말했다.

"그래, 하후무라는 자가 총대장이 돼서 군을 통솔하고 있다 이 말이지? 완전 개허접으로 알고 있는데. ㅋㅋㅋㅋ 대체 조진은 왜 참전하지 않는가?"
"아, 거기까지는 모르겠네요. ㅋㅋㅋ 죄송합니다, 승상."
"뭐, 좋아. 제장들이여, 출진이다!"
한편, 조진은 낙양 저택에서 코로나바이러스 관련 증세로 인해

자가 격리 중이었다. 14일이 지나기만을 간절히 기다리며 침대에 누워 있었는데, 조진의 부장 곽회가 마스크를 쓴 채 그에게 찾아왔다. 곽회는 있었던 일에 대해 간략히 보고했다.

"조진 장군님, 사마의가 지 잘난 줄 알고 양주에서 병사를 조련하고 있다가 고향으로 유배되었습니다."

"유배라니? 더 말해 보거라."

"네, 위나라의 모반군을 모집한다고 격문을 곳곳에 뿌리면서 반란을 일으키려고 했는데요, 반란을 일으키기 바로 직전에 조예 폐하로부터 소환을 당해서. ㅋㅋㅋ 그도 참 멍청한 것 같습니다."

"흠, 그게 사실이라면 좀 무섭군. 그리고 또 있는가?"

"촉나라의 제갈량이 우리 위나라를 치기 위해 동원령을 내렸습니다. 우리나라는 하후무 님이 총대장이 되어 군을 통솔하고 있습니다."

"으아니, 하후무 님이? 난 그분을 잘 안다. 제갈량과의 지모 대결에서 이길 수 있는 분이 아니라는 것이지. 으으…. 얼른 자가 격리가 끝나야 하는데, 슬프구나!"

이 당시, 한중 회의장에선 제갈량을 비롯한 여러 장수가 제갈량의 PT를 감상하고 나서 회의에 들어갔다. 어떤 루트로 군을 파견하는 것이 좋을까. 가장 먼저 의견을 제시한 것은 놀랍게도 위연이었다, 그는 자신만만하게 자신의 의견을 피력했다.

"듣자 하니 위나라에선 하후무라는 돼지 새끼가 군을 통솔하고 있다고 합니다. 조진도 없는 마당에 시간을 지체할 겨를이 없습니다. 여기 한중에서 위나라 장안까지 이어지는 지름길인 자오곡으로 진군해야 좋을 줄 아룁니다."

근데 사람이란 게 싫은 사람의 말은 잘 들으려고 하지 않는 습성이 있다. 제갈량이 딱 그렇다. 그는 위연의 주장에 적극적으로 반박했다.

"위연 장군, 내가 듣기로 자오곡은 복병을 배치하기 용이하다고 들었소. 꽤 위험할뿐더러 우리 군사의 수는 위나라에 비해 많은 편이 아니니 정공법으로 나가는 것이 좋다고 생각하오. 앞으로는 정공법에 관한 의견만 받아들이겠소."

"…."

"위연 장군, 안색이 안 좋아 보이는데?"

"아무것도 아닙니다. 실례하겠소."

위연, 회의장에서 퇴장. 계속된 토의 결과, 가장 가까운 봉명산에서 적을 유인하고 하후무를 포박하고 보자는 의견이 지배적이었다. 선봉은 역전의 용사 조운과 참모 등신, 위나라의 선봉은 소년 장수로 이름은 강유, 기린아라고 불리는 인재였다. 얼굴이 잘생겨서 그런지 더욱 주목을 받는 신예였다. 조운이 그를 보더니 큰 목소리로 말했다.

"어허, 네놈이 그 강유였구나. 이름은 좀 들어 봤다. 기린아였던가? 어떠냐? 상산의 조자룡이 네 상대다. 덤벼 보겠느냐?"

"헐, 상산의 조자룡 님? 안녕하세요, 저는 강유입니다. 실례지만 저와 일기토 한 수 부탁드려도 될까요?"

"예의 바르게 굴다니, 내심 정이 가는구나. 자, 간다!"

"넵, 갑니다!"

조운과 강유는 30합을 주고받았다. 원래 같았으면 조운이 이겨야 하는 게 정상인데, 이 당시의 조운은 나이를 많이 먹은 백발노인이었다. 이번에 선봉으로 뽑힌 것도 제갈량에게 빌고 빌어서 결정된 것이었다. 오히려 강유 쪽에서 필살기를 연속으로 날리니 조운은 막기 바빴다. 결국 조운은 꽁무니를 빼고 도망쳤다. 강유가 뒤쫓아 가며 말했다.

"상산의 조자룡 님! 기다리십시오! 아직 저와의 승부가 남지 않았습니까? 부디 멈춰 주시길 부탁드립니다!"

강유에게 밀린 조운, 등신은 멀리 퇴각한 뒤 진채를 세우고 막사에서 강유를 이길 방법을 강구하고 있었는데 영 떠오르지 않았다. 어떻게 하면 강유를 이길 수 있을까? 이때, 촉나라 응원군이 진채에 당도했다. 병사가 들고 있는 깃발엔 분명히 마속이라고 쓰여 있었다.

제 9 장
강유 포획전

촉나라 선봉의 진채에 당도한 마속은 조운과 등신이 위치한 막사에 들어가서 의기양양하게 소리쳤다.

"자, 자, 제갈량 사마께서는 바로 이 마속에게 전권을 위임하셨소. ㅎㅎ 지금부터는 내 명령이 곧 법이니 따라 주길 바라오. 조운 장군, 현 상황을 간략하게 보고해 주시오!"
"예, 아마 마속 님도 들어 보셨을 겁니다. 강유라는 젊은 녀석이 하후무군의 선봉인데, 겨뤄 보니 생각보다 강했습니다. 솔까말 제가 10년만 젊었어도 바르는 건데 말입니다. 하여튼 하후무를 생포하려면 어떻게든 강유부터 처리해야 될 것 같습니다."

이때, 조운 곁에 있던 등신이 앞에 나서며 마속에게 옹알옹알했다.

"제가 자세히 조사해 보니 강유라는 자는 효심이 지극하기로 유명하더군요. 하후무가 위치한 남안성에서 멀지 않은 곳에 기성이라는 곳이 있는데요. 거기엔 강유의 부모가 거주하고 있습니다. 그들을 생포해서 강유의 마음을 흔드는 것이 어떻겠습니까? ㅋ"

듣고 보니 명안, 과연 등지는 촉나라 내부에서 신이라 불릴 만한 재능이 있었다. 마속은 그 말을 듣고는 표정이 매우 밝아졌다.

"오오, 등신이여. 좋은 아이디어요. 그대는 지금 당장 3천의 군사와 함께 서둘러 기성을 점령한 뒤에 강유의 부모를 포획해 주길 바라오. 다른 일들은 나와 조운 장군이 담당하겠소."

"넹. ㅎ 맡겨 주십쇼."

한편, 위나라의 승전보를 알린 강유는 남안성으로 자랑스럽게 귀환하였고, 하후무는 그에게 큰 포상을 내리면서 진짜 돼지처럼 꿀꿀대며 치하했다.

"대단하다능. 이건 금은보화다능. 앞으로도 위나라를 위해 잘 부탁한다능!"

"오오, 하후무 님. 감개가 무량하옵니다. 이 강유 백약, 앞으로도 조예 폐하께 충성을 맹세하겠습니다!"

그때, 정찰병 하나가 급히 회의장 안으로 들어오더니 땀을 뻘뻘 흘리며 얼른 상황을 보고했다.

"아뢰옵니다! 촉나라 장군 등지가 우리나라 영토인 기성으로 향하고 있습니다! 기성엔 소규모 병력뿐, 부디 원군을!"

"앗, 이런 ㅅㅂ…."

강유는 자기도 모르게 욕설이 튀어나왔다. 하후무가 그 이유를 물어보는 것은 인지상정이었다.

"강유, 왜 그러냐능?"

"바로 이곳, 남안성을 내버려 두고 기성을 노린다는 것은 제 부모

님이 거처하는 곳이 기성이기 때문인 것 같습니다. 하후무 님, 부탁입니다. 저에게 기성 방어를 맡겨 주십시오. 기필코 촉나라 군사들을 막아 내고야 말겠습니다."

강유가 소규모 병력을 데리고 떠난 뒤, 이 소식을 늦게 접한 하후무 휘하의 장수, 한덕이 회의장에 들어오더니 하후무에게 거칠게 반박했다.

"하후무 님, 강유를 기성에 보낸다는 것은 우리가 있는 이 남안성을 지키는 자를 하나 잃는 셈이 됩니다. 강유가 촉나라 군사들보다 일찍 기성에 입성할 경우 성이 포위를 당할 것이 분명하여 군량 부족으로 항복하게 될 것이고, 늦을 경우 비열한 촉군이 강유의 부모를 인질로 삼고 인질극을 벌일 것입니다. 강유를 보낼 경우 그를 잃게 된다는 소립니다. 게다가 솔직히 저는 촉군의 핵심인 상산의 조자룡을 이길 자신이 없습니다. 하후무 님도 조자룡이 얼마나 센 장수인지 아시지 않습니까? 강유야말로 조운을 상대할 수 있는 절호의 카드요, 지금이라도 좋으니 뒤따라가서 불러옵시다."
"오오, 내가 잘못 생각했다능! 한덕, 얼른 강유를 이 남안성으로 데리고 오라능!"

한덕은 하후무의 허락을 맡더니 자신의 자랑스러운 네 아들과 함께 일군을 편성하여 남안성을 떠나 기성을 향해 40km 행군을 하고 있었는데, 봉명산을 거쳐 평지로 들어서자마자 촉나라 군사와 맞닥뜨렸다. 촉장은 한덕이 걱정하던 대로 조운이었다. 조운이 자랑스레 앞으로 나서며 한덕과 네 아들에게 외쳤다.

"야, 한덕! 그리고 네 아들! 작은 고추의 매운맛을 보여 주마! 다섯이서 한꺼번에 덤벼 봐라!"

"으으, 핸디캡 매치를 원하다니 무시를 당해도 유분수지, 좋다!"

조운의 1:5 맞다이 신청에 한덕이 발끈하였고, '설마 우리가 수적 우위인데 지겠어.' 하면서 다섯이서 조운을 향해 덮쳤다. 백발노인이지만 그래도 조운은 조운이었다. 첫째 아들이 산산조각이 나자 남은 넷은 겁을 집어먹었다. 이어서 셋째 아들, 넷째 아들이 관광을 당하고 둘째 아들은 도망치다가 조운의 창술에 의해 죽임을 당했다. 결국 아들이 모두 죽고 혼자가 된 한덕이 울분을 감추지 못하며 조운에게 소리쳤다.

"이런 슈벌, 흐흐흑…. 야 이 조자룡 개새끼야! 넌 아들도 없냐? 아버지의 입장이라면 내 심정이 이해가 갈 텐데?!"

"닥쳐라, 한덕! 청공검이여, 나에게 힘을 다오!"

검집에서 꺼낸 청공검은 매우 예리한 칼날을 지니고 있었다. 알 수 없는 빛을 지닌 무기의 등장에 한덕은 전의를 상실하였고, 그는 반항할 틈도 없이 죽임을 당했으며 외로이 남은 위나라 병사들은 모두 항복했다. 조운이 해낸 값진 승리였다. 한덕과 아들들이 성을 떠났으니 남안성은 통솔력이 후달리는 하후무뿐, 결국 마속의 군사들에 의해 남안성은 촉의 수중에 넘어갔다. 한편, 기성을 향해 전진하던 강유의 군사들은 자신들이 늦었음을 실감했다. 이미 촉의 등신이 기성을 점령한 채로 강유를 맞이하고 있었다. 등신은 성벽 위에서 아래를 내려다보며 실실 웃으며 비꼬았다.

"야 이 병신 강유야! 네놈이 여기로 오면 남안성에 있던 새끼들은 어떻게 되겠냐? 하여튼 네 부모는 생포했다! 자, 어찌하겠느냐?"

등신이 하는 말에 강유도 뭔가 느끼는 게 있었나 보다. 공격을 하자니 머릿수가 적어 공성전을 이길 자신이 없고, 후퇴를 하자니 눈앞에 보이는 부모의 목숨이 위태로웠다. 이때, 등신이 계속해서 지껄이며 그의 마음을 여지없이 흔들었다.

"우리는 강유 네 녀석이 촉나라에 항복하길 원하고 있다. 제갈 승상도 그대 같은 잘생긴 남자를….""
"죄송하지만 닥쳐 주실 순 없습니까? 저 강유는 위나라의 녹을 먹는 존재로서, 그 은혜를 저버릴 수는 없습니다. 엄마, 아빠! 미안해! 난 촉나라에 항복할 수 없어! 제발 봐줘!"

강유의 폭탄선언에 부모는 "시발 시발." 하며 자기 아들을 비난했다. 등신이 고개를 절레절레 흔들더니 마침내 결심하고 말했다.

"시발, 저 강유를 포획한 사람에겐 로또 복권 1등 당첨금을 하사하겠다. 전군, 공격!"

기성의 성문이 열리자 촉군이 맹렬하게 쏟아져 나왔다. 비록 자기 쪽이 소수임이 분명하지만 강유의 무쌍은 정말이지 상상 이상이었다. 생각보다 승부가 나지 않고 고착화되자 등신은 강유의 마음을 움직이기 위한 방법을 강구하고 있었는데, 저 먼 곳에서 모래바람이 불어닥쳤다. 제갈량이 지휘하는 본대의 출현이었다. 쩌리들은 지시대로 강유를 둘러싸고 공격을 퍼부었고, 강유는 피로도 시스템 때문에 더 이상 싸우는 게 불가능하였다. 결국 붙잡혀 버리니 이제 끝장이구나 싶었는데, 어디선가 자신에게 부채질하는 이가 등장하였다. 승상 제갈량이 그에게 내심 권했다.

"모두 검을 거두어라! 강유여, 소문대로 그대는 너무 잘생겼소. 내가 원하던 인재를 이곳에서 발견하게 될 줄은 몰랐는데, 만약 항복한다면 내가 인생을 살아오면서 익힌 모든 병법을 그대에게 전수하겠소."

"헐! 제가 뭐 그리 대단하다구. ㅎㅎ 제 부모님도 살려 주시고 저를 중히 써 준다고 하시니, 이 강유 백약, 제갈 승상에게 감격했습니다. 저를 부하로 삼아 주십시오."

제갈량은 강유를 마속에 준하는 인재로 보았기에 밑밥을 깔았고, 결국 그들은 한 팀이 되어 행복하게 살았답니다. 한편, 하후무가 촉나라에 붙잡혔단 소식을 접한 낙양의 위나라 황제 조예는 걱정이 태산이었다. 이에 화흠이 권유하였다.

"조예 폐하, 우리나라의 에이스인 조진 장군이 코로나 자가 격리가 끝났다고 합니다. 그에게 후사를 맡기는 게 좋을 줄 아뢰오."

왕랑도 곁에서 낄낄대며 말했다.

"조진 장군의 스펙은 상상 이상으로 믿고 맡겨 볼 만합니다. 한때 모반을 꿈꾸던 사마의 그 새끼에 비하면 차원이 다른 존재이죠. 지시만 내려 주시면 제가 서둘러 조진 장군을 데려오겠습니다."

이윽고 왕랑과 함께 황궁에 입궐한 조진은 썩소를 지으며 조예에게 맹세했다.

"한때 문제(조조의 아들, 조비)께서 저를 아끼며 중히 써 주셨습니다. 이제 그 보답을 할 차례인 듯합니다. 저에게 맡겨만 주시면 촉나라의 제갈량을 발라 버리겠습니다! ㅋ"

조예의 표정이 한층 밝아졌다.

"오오, 그대의 자신감이 정말 개쩌는구려. 맡기겠소."

제 10 장
조진 출병전

그 무렵, 기성에 입성한 제갈량 일행은 회의장에서 토론을 하였는데 그 토론의 주제란 생각대로 간단히 사로잡은 하후무를 어디에 써먹을까였다. 돼지갈비로 먹기엔 너무나도 매정한 처사였으니 말이다. 그때였다. 멀리 보냈던 정찰병이 급히 달려오더니 제갈량에게 고했다. 제갈량은 개깜놀했다.

"아닛, 이런 시발. 그동안 조용하던 조진이 군권을 장악하고 이쪽으로 쳐들어오고 있다고?"

"네ㅋㅋㅋ 이미 여기서 30리 바깥에 진지를 구축한 상황입니다. 조진 장군이 그동안 전선에 나서지 않았던 것은 아마 코로나 때문에 자가 격리 중이었던 것으로 판단됩니당!"

"음, 30리 바깥이라, 마쨩!"

"네, 제갈량 사마."

"내일 새벽에 나와 동행하시오. 갈 곳이 있소."

"헐, 설마 단둘이서? 부끄럽사옵니다. 저랑 어디를 가실 생각이십니까? ㅎㅎ"

"지금 당장은 알 것 없소. 그저 추리닝 차림만 하고 오면 그걸로 족하오."

"알겠습니다, 제갈량 사마!"

이때, 이 둘의 관계에 대해 극히 경계하고 있던 이가 있었다. 그는 바로 촉나라에 항복한 지 얼마 되지 않은 강유였다. 그는 표정 관리마저 잘 되지 않았다.

'와, 둘이서 데이트도 하고, 보통 사이가 아니구나! 나 강유 백약, 반드시 마속 장군으로부터 제갈 승상을 빼앗으리라!'

다음 날 새벽, 제갈량과 마속이 찾아간 곳은 바로 봉명산 정상이었다. 랜턴도 없이 야간 산행을 하다니 대단한 녀석들이다. 정상에 도달하니 마침 해가 동쪽에서 떴고, 저 멀리 있던 조진의 진채가 한눈에 보였다. 제갈량은 체력 부족으로 계속 헐떡이던 마속에게 조진의 진을 가리키며 말했다.

"마쨩, 저길 보시오. 포진이 완벽하게 되어 있지 않소? 과연 조진이로다. 어디 하나 지적할 데가 없소. 다만 안타까운 점은 너무 완벽하기에 문제라는 것이오. 그로 인해 난 알 수가 있소. 현재 조진의 위치까지도 말이지."
'와, 제갈량 사마. 지금 나한테 한 발언, 존나 멋있어! 나도 나중에 산에 올라가서 심복한테 똑같이 대사 쳐야지!'

제갈량 일행이 기성 회의장으로 돌아오자, 조운과 위연을 비롯한 촉나라 인재들이 일제히 출병을 원하였는데, 이에 제갈량이 하하호호 웃으며 말했다.

"제장이여, 안 그래도 당신들에게 임무를 하달할 생각이었소. 하지만 하후무가 우선이오. 여봐라, 포박했던 하후무를 데려오거라!"
"ㅇㅋㅇㅋ"

이윽고 하후무가 병사들에게 끌려왔다. 하후무는 목숨을 빌며 울부짖었다.

"제갈량! 제발 나 좀 살려 달라능!"
"아아, 알겠소. 나는 당신을 살려 줄 것이오. 진정하시오. 다만 내가 지시한 대로 움직여야 할 것이오."
"무엇이냐능? 난 준비가 되어 있다능!"
"조진에게 이 편지를 보여 주면서 강유가 썼다고 말씀해 주시오. 그러면 충분하오. 다만 하후무 자네가 이 편지를 읽을 경우 저주를 받게 될 것이오! 이게 바로 저주 편지요."
"ㅇㅋ 알았다능!"

촉군의 진채에서 간신히 빠져나온 하후무는 편지 한 장을 들고 서둘러 조진의 진채에 찾아갔다. 안 그래도 하후무의 신변을 걱정했던 조진과 곽회는 그가 별고 없이 돌아오자 밝은 미소를 지으며 환영했다. 하후무가 죽기라도 했다면 위나라로서는 비상시였으니 말이다. 하후무는 제갈량으로부터 받은 편지 한 장을 꺼내 보이며 말했다.

"조진 장군, 이건 강유의 친서라능! 한번 읽어 보라능! 난 십년감수했으니 이만 쉬러 장안으로 돌아가겠다능!"

편지 내용을 간추리자면 대략 이렇다.

> 안녕하세요, 조진 장군님? 저는 강유 백약입니다. 예전부터 위나라의 녹을 먹었으나 제갈량의 간계에 속아 지금은 하는 수 없이 촉나라 소속이 되어 있습니다. 하지만 저는 뼛속까지 위

나라 사람이라고 인지합니다. 부디 저를 제갈량으로부터 해방시켜 주세요. 제갈량이 위치한 기성을 포위하시면 안에서 내통하여 호응하겠습니다. 정말 감사합니다.

"이건 제갈량의 책략입니다!"

조진이 편지를 다 읽고 나서 "아, 그렇구나. ㅎㅎ" 하고 있었는데, 조진군의 신참인 비요가 정곡을 찔렀다. 그때 조진군의 2인자 노릇을 하던 곽회가 그 이유를 물었다.

"비요 장군, 강유 장군은 함부로 배신할 사람이 아니외다. 필시 모반할 생각이 있을 것이오."
"뭔 개소리요, 곽회 장군!"
"어허, 이 새끼가. ㅋㅋㅋㅋ 이거, 안 되겠다. 조진 장군님! 이 비요 장군을 숙청합시다!"
"조진 장군님. 나 비요, 조진 장군님을 지옥으로 떠나보내고 싶지 않습니다. 조진 장군님 대신 제가 기성으로 쳐들어가 보겠습니다. 제갈량에게 당해도 제가 당하는 꼴이 아니겠습니까? 허락해 주십시오."

비요의 결백함에 조진은 제대로 감동 먹었다.

"ㅇㅇ 그러시오. 영 아니다 싶으면 얼른 도망 오시오."
"넵, 알겠습니다."

이로써 비요는 3만 군사를 이끌고 기성을 향해 움직였다. 이때 기성 성벽 위에서 이를 지켜보고 있던 제갈량은 껄껄 웃으며 곁에 있던 강유에게 말했다.

"훌륭하오, 강쨩. 저 위나라 병사들을 통솔하는 자는 아마도 조진일 가능성이 높소. 조진을 잡을 경우 겜셋…. 책략을 짜느라 고생했소."
"정말 감사합니다, 제갈 승상. 앞으로도 열심히 일하는 인재가 되겠습니다. 이쁘게 봐주십시오."
"자, 제장이여. 기성의 성벽에 몸을 숨기고 동서남북 문을 열어둔 채로 두어라!"

이거 가야 해, 말아야 해? 기성은 허장성세의 상황이었다. 병사가 한 명도 안 보인다는 것이다. 이쯤 되면 의심할 법도 했으나 비요는 이 모든 것이 강유가 해낸 것이라고 생각한 모양이다. 비요는 군사들에게 기성으로 돌격 명령을 내렸다. 반면….

"이때닷! 매복병들이여, 이 강유 백약의 힘을 받아 위나라 군사들을 모두 쓰러뜨려 주세요! 부탁드리겠습니다!"

강유의 명령에 없는 줄 알았던 성벽 위의 궁수들과 마을 지붕에 있던 궁수들이 등장하여 일제히 화살을 날렸다. 비요는 이러지도 저러지도 못하고 좌절하고 있었는데, 저 멀리서 말을 탄 강유의 모습이 나타났다. 비요가 "시발 시발." 하며 강유에게 깠졌다.

"야 이 강유 병신 새끼야! 너의 어린애 같은 수작에 말려든 내가 바보였다."
"비요 장군님? 비요 장군님이시군요? 조진 장군님이길 내심 기대했는데…. 하여튼 이왕 만난 김에 저랑 일기토 한판 어떠신가요? 물론 받아들이시겠죠?"

"아, 미안. 솔직히 널 이길 자신이 없어. 얼른 튀어야지! 컥!"

　말을 돌려 달아나려 했던 비요는 순식간에 따라온 강유로부터 등을 베였다. 비요는 매우 체념하였다.

"이런, 시발! 그래도 난 조진 장군님을 살렸다. 그것만으로도 감사하자…. 으윽!"

"적장 비요, 이 강유 백약이 승리하였습니다!"

　비요가 사망해 버렸기에 나머지 병사들은 죄다 항복했다. 이번 전공은 강유, 그는 순식간에 발롱도르급으로 평판이 좋아졌다. 상대방에 대한 예의 바른 말투도 플러스로 작용했다. 하여튼 비요의 사망 소식을 접한 조진은 매우 빡쳤다. 왠지 이제 파워 밸런스가 한쪽으로 기운 게 아닌가 하는 느낌이 들어 조진 자신이 그동안 잘 부려 먹었던 인재를 등용하였다.

"나, 왕쌍! 대령했소!"

　그는 바로 왕쌍이다. 목소리가 얼마나 우렁차냐면, 크게 외칠 때마다 주변 사람들이 스턴 걸리는 수준이다. 이 광경을 지켜본 곽회가 놀라워하며 조진에게 감상을 말했다.

"우와, 무슨 삼국 시대에 이런 거인이 다 있습니까? 이름만 들어도 개세 보입니다. 조진 님은 진짜 좋은 장수를 데리고 있었군요."

"ㅇㅇ 이 왕쌍은 상산의 조자룡 같은 장수도 개발라 버릴 힘을 지니고 있소. 오늘은 밤이 늦었으니 내일 아침에 왕쌍을 데리고 가서 촉군의 간을 한번 보겠소."

드디어 아침이 밝았다. 조진은 왕쌍을 선봉으로 내세웠는데, 모든 촉군은 그 왕쌍의 위풍당당한 모습에 겁을 집어먹어 진채 안에서 대기를 탔다. 왕쌍은 이 모습에 그만 기고만장해졌다.

"야, 상산의 조자룡 있느냐? 어디 한번 이 왕쌍과 최강자를 가리는 것이 어떻겠느냐!?"

그러나 하필 이 타이밍에 조운은 허리 디스크 통증을 호소하며 일기토를 거부했다. 예측하기 어려웠던 상황에 왕쌍은 띠용했다.

"헐, 상산의 조자룡이 안 된다면 위연이나 나와라! 한때 한중 태수가 될 정도로 명장이라며?"

그러나 하필 이 타이밍에 위연은 배가 아프다 보니 화장실을 들락날락해서 도저히 일기토를 할 상황이 못 됐다. 아니, 이건 무슨 개망신인가…. 촉나라 병사들의 사기는 저하될 대로 저하되었다.

"안 되겠네요, 승상. 제가 나가 보겠습니다."

이때, 한 소년이 자기 차례인 듯 손을 들었다. 자신의 아버지, 지금은 죽은 관우로부터 하사받은 청룡언월도를 메고 출격 준비를 마친 관흥, 그는 비장한 각오로 일기토에 나섰다.

제 11 장
조진 출병전 2

촉나라 진채로부터 기어 나오는 관우의 아들, 관흥의 생김새를 보자 왕쌍이 코웃음을 치며 말했다.

"얼굴은 대춧빛에 수염은 길고⋯. 넌 무슨 귀신이냐?"
"ㅅㅂ, 지금 나를 놀리는 것이냐? 이 청룡언월도에 죽고 싶어?"
"그렇게 보이니까 얘기하는 거다. 아무래도 컨셉 같은 게 부족해서 작가가 자네 얼굴을 그렇게 만든 것 같다만⋯. 어쨌든 나는 틀린 말을 하는 게 아니다."
"내 얼굴은 유전이다. 그러므로 날 흉보는 것은 내 아버지를 흉보는 것과 같다."
"뭐 어쩌라는 것이냐?"
"널 죽일 것이다. 간다!"

관흥이 말을 박차고 달려 나가 왕쌍과 창을 마주쳤다. 관흥은 15합을 치러도 자신의 무력이 영 안 먹히자 전략을 바꾸기로 마음먹었다. 왕쌍이 찌르기를 시도할 때, 그는 옆으로 피하며 왕쌍의 창을 뺏었다. 근데 뺏는다고 게임이 쉽게 풀리거나 하는 게 없었다. 왕쌍 그도 관흥의 청룡언월도를 뺏어 버린 것이다. 관흥은 개깜놀하며 말했다.

"아, 아니⋯. 내가 이런 허접한 무기를 갖게 되다니!"

"앗싸, 청룡언월도 득템! ㅋㅋㅋ 관흥, 넌 죽을 것이다!"

왕쌍이 일격을 날리자 관흥의 몸이 제왕 절개를 당했다. 왕쌍이 이긴 것이다. 관흥은 전장에 나선 것까진 좋았으나 임무를 완수하지 못하고 죽었다. 촉나라 진채에서 이 상황을 눈여겨보던 장비의 아들 장포는 식겁했다.

"아, 아니! 관흥! 너가 이렇게 일찍 죽어 버리면 어떡하는가? 나 장포, 출격하겠다!"

근데 관흥도 상대가 안 됐는데 장포가 나서 봐야 얼마나 버티겠는가? 왕쌍은 뒤이어 나오는 장포를 보고 장비의 아들임을 짐작했다. 왜냐면⋯.

"여기 돼지가 하나 더 늘었군."

아주 예전에 사망한 장비와 못지않게 비만 체질로 보였기 때문이다. 이에 장포가 분노를 표출하며 말을 박차고 달려왔다.

"아, 아닛! 지금 나보고 돼지라고! 수치다, 치욕이다! 넌 뒤졌어! 듣자 하니 네놈이 왕쌍이라고? 누가 이길지 무쌍 한번 찍어 보자구!"
"너랑 농담 따 먹기를 할 시간 없다!"
"그럼 돼지라고 부른 거 사과하시지!"

장포가 왕쌍에게 여러모로 개겼으나, 왕쌍의 일격에 무릎을 꿇었다.

"정말로 시시하군! 다음부터는 이렇게 나서지 마라!"

장포, 사망. ㅋㅋㅋㅋㅋㅋㅋ 그는 관흥을 이어 자신의 보물을 왕쌍에게 넘겨주고 말았다. 그의 무기는 바로 장팔사모, 예전에 장비가 쓰던 무기였다. 왕쌍은 왼손엔 청룡언월도, 오른손엔 장팔사모를 장착하며 굉장한 보스급이 되어 버렸다. 이 모든 광경을 지켜본 제갈량은 그만 좌절하고 말았다.

"이런 ㅅㅂ…. 우리 유소년급 스쿼드가 이렇게 무너질 줄이야! 저 왕쌍을 역관광시킬 수 있는 자, 누구 없느냐?"

"없습니다!"

제갈량의 주위에 있던 대다수의 장병이 입을 모아 말했다. 왕쌍은 매우 신이 났다. 원래 『삼국지연의』에선 자기가 크게 활약하지 못하고 죽어 버리는데, 이 책에선 자신을 계속해서 추켜세워 주니 그럴 법도 하다. 여하튼 촉나라 진채에서 교체 선수가 나오지 않자 왕쌍은 조진과 함께 위나라 진채로 귀환했다. 위나라가 대승을 거둔 상황, 조진은 단체로 빕스에 가기로 마음먹었다. 한편, 촉나라 진채는 심각한 상황에 놓여 있었기에 빕스에 가거나 하는 미친 짓은 할 수가 없었다. 제갈량이 의견을 묻자, 마속이 먼저 말했다.

"제갈량 사마, 솔직히 까고 말하면 그 왕쌍과 비빌 수 있는 장수는 조운 장군과 위연 장군뿐입니다. 하필이면 그 당시에 화장실에 가고 허리 디스크가 재발했기에 출전이 불가능했던 것…. 현재는 정상이라고 하니 그들에게 왕쌍의 상대를 맡기는 게 어떻겠습니까?"

"그래선 안 됩니다!"

이때, 마속의 의견을 반박하는 이가 있었으니, 그는 바로 강유였다.

"제갈 승상, 제 생각은 이렇습니다! 그것은 바로 촉나라 성도로 퇴각하는 척을 하고 추격해 오는 왕쌍을 깊숙한 곳으로 유인하여 섬멸하는 계책입니다. 줄여서 유인책이라 합니다."

제갈량의 심기는 매우 불편했으나 강유의 책략을 들으니 곧장 회복되었다.

"오오, 강쨩…. 내 그대를 믿어 보겠소. 어디 한번 전략을 구사하여 촉장들을 이끌어 보시오. 내 그대에게 지휘 권한을 주겠소."

촉나라 군사들이 갑자기 짐을 싸고 본거지로 귀환하려는 움직임을 캐치한 조진이었다. 그는 전공을 세웠단 생각에 아빠 미소를 짓고 있었다. 그때, 기고만장한 왕쌍이 조진 앞에 나서며 말했다.

"촉나라 녀석들은 생각보다 오합지졸인 듯합니다. 저에게 추격 명령만 내리시면 배신자 강유는 물론이고 제갈량의 목도 가져오도록 하겠습니다. 부디 윤허해 주시옵소서!"
"ㅇㅋㅇㅋ 실컷 발라 버리고 오시오. 2인자 곽회여, 그대도 같이 따라가시오!"
"알겠습니다!"

굳이 곽회를 총대장으로 임명한 이유는 생각보다 머리가 좋았던 것도 있지만 조진의 총애를 받고 있었기 때문이다. 조진에게 입에

발린 소리를 그토록 하니 싫어할 사람이 누가 있겠는가. 제갈량의 군사들은 실제로 퇴각을 하긴 했으나 야곡에서 학익진으로 전법을 구사한 뒤 왕쌍이 오길 뼈저리게 기다리고 있었다. 시간이 오래 지나지 않아 그가 곽회와 함께 왔다.

"야 이 촉나라 개자식들아! 나 왕쌍을 쓰러뜨릴 장수가 있긴 있느냐? 한 놈씩 덤비시지?"

이에 제갈량이 자신의 무기 백우선으로 저기 있는 왕쌍을 가리키며 외쳤다.

"지금이다! 조운, 위연! 저 왕쌍을 한번 쌈 싸 먹어 주시오!"

야곡은 꽤 비좁은 곳이라 1:1 혹은 2:2 일기토를 할 수밖에 없는 곳이었다. 상대들이 나름 촉나라의 맹장이라 걱정이 되었던 곽회가 왕쌍에게 말했다.

"왕쌍이여, 난 일기토를 할 만한 능력치가 안 되오. 당신 혼자서 저기 있는 조운과 위연을 쓰러뜨릴 수 있겠소?"
"맡겨 주시길. 작가 버프를 받고 있는데 제가 왜 지겠습니까?"
"음, 알겠소. 그래도 혹시 모르니 조심하시오."
"알겠습니다. 이랴!"

참 무섭지만 그래도 설명을 하자면, 왼손엔 청룡언월도로 조운을 상대하고, 오른손엔 장팔사모로 위연을 상대하고 있는데, 정말 헐크 이상의 공격력이었다. 이 무시무시한 데미지를 체험한 조운과 위연은 잠깐 도망치기로 하였다. 왕쌍이 그 둘을 따라 추격하며 말했다.

"조운이여! 허리 디스크가 재발했느냐?! 위연 네놈은 또다시 똥이 마려운 것이냐?"
"이거 안 되겠군요!"
"응? 누구냐, 이 목소리는?"

그의 이름은 바로 강유였다. 조운과 위연이 왕쌍의 상대로 고전하자 제갈량의 명령으로 인해 교체 출진을 하게 되었다. 왕쌍이 허탈하게 웃으며 그에게 말했다.

"ㅋㅋㅋㅋㅋ 아니 이게 누군가, 배신자 강유 아닌가? 저번에는 비요 장군을 잡아서 전공도 세우고, 참 아니꼬운 녀석일세!"
"나 강유 백약은 처세술을 발휘한 것뿐입니다. 왕쌍, 나랑 싸워 봅시다! 정중하게 요구하도록 하겠습니다!"

이번엔 왕쌍 측에서 먼저 공격을 시도하였다. 청룡언월도와 장팔사모를 한 사람에게 집중하여 일격을 날리는데, 정말이지 상산의 조자룡 이상이었다. 그래도 다행인 것은 강유는 패기가 뛰어나다는 것이다.

"자, 왕쌍 님. 이번엔 제 일격을 받아 보시지요?"

왕쌍의 공격을 수차례 막아 낸 강유는 신속하게 접근하여 급소를 갈겼다. 너무 빠른 공격이라 그런지, 창들을 열심히 휘두르기도 전에 당하고 말았다.

"우욱, 강유 이 자식…!"
"이어서 갑니다! 이것도 받아 주십시오!"

이때, 후방에서 곽회가 이 일기토를 지켜보다 안 되겠는지 자신
도 출격하였다.

"이 곽회 백제, 출격하겠소! 왕쌍 장군은 멈추시오!"

그런데 아무리 2인자라지만 촉장들은 죄다 무쌍을 찍을 줄 아는
사람들인데, 그래도 그렇지 좀 무리수였다. 강유의 힘을 맛본 곽회
는 뒤로 물러서다가 왕쌍과 함께 도망쳤다. 제갈량은 가슴을 쓸어
내렸다.

"이런 시발…. 관흥과 장포를 이렇게 쉽게 잃어버리다니…. 내가
유소년급 스쿼드를 너무 믿었군! 다음은 주전만 넣어야겠다. 얘들
아, 다들 진격 준비를 해라! 이번엔 좀 더 깊숙한 곳으로 쳐들어가
겠다!"

한편, 조진의 막사. 조진은 무사히 돌아온 곽회와 왕쌍에게 금은
보화를 선물하였다. 이번 야곡 전투에서 큰 공을 세운 왕쌍은 다음
에도 선봉에 설 기회를 얻었다. 정말이지 참으로 무서운 존재로다.
조진은 다음엔 어떻게 싸울까 내심 고민하고 있었는데, 갑자기 급
사가 들어왔다.

"보고드립니다! 제갈량 그 시발 새끼가 이번엔 가정으로 진출하고 있습니다. 이대로 놔두면 서쪽 일대가 전부 촉나라의 영토가 되어 버립니다! 얼른 대책을 강구해 주시길 바랍니다!"

"이런 젠장할…. 어찌하면 좋겠느냐, 곽회여."

조진의 질문에 곽회가 신중하게 답변했다.

"조정의 소문을 듣자 하니 사마의 그 녀석이 다시 군권을 잡은 것 같더군요. 그가 돌아오면 그에게 가정을 맡기는 것도 좋을 것 같습니다."

"음, 좋소! 그에게 맡겨 보겠소!"

제 12 장
사마의 복귀전

낙양성의 저택으로 유배를 당한 사마의, 그는 저택 바깥으로 나와 별이 무수한 밤하늘을 바라보며 옹알옹알했다.

"이런 시발···. 예로부터 위나라의 녹을 먹어 충성을 하려 했건만, 화흠이나 왕랑 같은 개자식이 나를 모함하여 유배를 당하니 기분 참 더럽구나. 안 그러냐, 사와 소여."

사와 소란 사마의의 아들인 사마사와 사마소를 뜻한다. 이들은 사마의가 유배를 당할 때 같이 당했기에 기분은 똑같았다. 그래도 나름 긍정적이었던 사마사는 아버지 사마의에게 고했다.

"듣자 하니 요새 제갈량이 위나라에 깝치는 중이라고 들었습니다. 현재는 조진 장군께서 일군을 다스리고 있다는데, 아무래도 혼자서는 중과부적이라고 생각합니다. 곧 조정에서 아버지를 부르실 겁니다."
"난 그렇게 생각하지 않소!"

사마사의 말이 끝나기도 전에 부정적인 성격이었던 사마소가 반박했다.

"아버지, 솔직히 까고 말해서 위나라 조정으로부터 당한 거 화나

지 않습니까? 우리가 진짜 레알 반란을 해도 괜찮을 것 같은 느낌이 듭니다."

"닥쳐라! 소여! 입을 터는 수준이 꽤 무례하구나!"

"깨갱⋯."

"뭐, 우리 위나라가 불리해지면 다시 날 부르겠지. 안 그래도 내가 천문을 봤는데 뭔 일이 발생할 것 같다. 지금은 기다려 보자."

다음 날 아침, 과연 사마의의 말대로 저택에 사자가 찾아왔다.

"사마의 님, 조예 폐하께서는 귀공에게 죄가 없음을 알았으므로 다시 전장에 복귀하라고 명하셨습니다. 서둘러 준비하여 장안으로 와 주시길 바랍니다."

"오오, ㅅㅂ⋯. 그 말씀을 기다리고 있었습니다. 촉나라가 계략을 써서 절 모함한 거 이젠 잘 아시겠죠?"

오랜만에 갑옷을 착용한 사마의, 사마사, 사마소는 모든 채비를 끝마치고 낙양을 떠났다. 근데 저 멀리서 풍채가 있어 보이는 한 인물이 다가왔다. 그는 바로 서황이었다. 사마의는 그도 조정으로부터 소집되어 장안으로 가는 것 같다고 추정했으나, 그의 이동 경로는 장안이 아니었다. 먼저 서황이 그에게 말했다.

"아니, 사마중달 님 아니십니까? 장안으로 가십니까?"

"그렇소만. 자네 가는 방향이 다른 듯한데, 무슨 일 있소?"

"저도 원래는 장안으로 가는 도중이었습니다만, 갑자기 신탐, 신의 형제로부터 속보가 들어왔습니다. 그것은 바로 상용성의 맹달이 위나라를 배반하고 낙양을 노리고 있다는 것입니다."

"흐음, 맹달이라…. 지금은 촉나라를 치기 위해 조진 장군에게 가는 것보다 맹달부터 소탕하는 게 좋겠군? 안 그런가?"

"ㅇㅇ 현명한 판단이십니다. 제가 선봉에 설 테니 얼른 상용성으로 가 봅시다!"

한편, 맹달은 신탐과 신의를 요긴하게 부려 먹으며 반란 준비를 하고 있었다. 왜 반란을 하냐면 지금은 죽고 사라진 조비, 후계자인 조예가 나름 에이스인 자신을 무시해 왔기 때문이다. 원래는 촉나라 장수였던 그, 맹달은 다시 촉나라로 돌아가기 위해 크나큰 선물을 준비하는 것이다. 바로 낙양을 말한다. 이제 슬슬 낙양으로 출발할까 하는데 갑자기 상용성 주변으로 위나라 군사가 집결했다. 서황이 성벽 위에 있었던 맹달에게 고했다.

"야 이 배신을 밥 먹듯이 하는 병신 새끼야! 내가 널 처단하러 먼 곳에서 왔다!"

"뭐, 인마? 뒤져라!"

맹달이 성벽 위에서 아래를 바라보며 활시위를 당겨 화살을 쏘았는데, 이게 대박 로또 확률로 서황의 머리를 맞췄다.

"으아악!"

어째 김새는 서황의 죽음…. 한때 조조의 수하에서 여러모로 활약했던 맹장이었으나 이번엔 정말 답이 없었다. 뒤늦게 상용성에 도달한 사마의가 자신의 분노를 표출하였다.

"아니, 천하의 맹장이 저런 개병신 새끼의 일격에 죽다니! 사, 소여. 저 새끼를 관광시켜 버리자!"

그나저나 맹달의 수하인 신탐과 신의가 맹달의 뒤쪽에 서 있었는데, 그들은 이때가 기회다 싶어 맹달을 밀어서 떨어뜨렸다.

"이런 시발!"

맹달은 머리부터 떨어져 바닥에 머리를 찧어 숨졌다. 총대장이 죽어 버리니 병사들이 무얼 하겠는가, 그들은 대거 사마의의 군사로 편입되었다. 사마의는 상용성을 신탐과 신의에게 맡기고 장안으로 향했다. 장안성에는 장합이란 네임드가 대기를 타고 있었다.

"오오, 사마의 님. 다시 전장에 복귀하실 줄 믿고 있었습니다. 만나서 반갑습니다!"
"음, 장합. 자네가 날 도와줬으면 좋겠군. 지금 내 휘하엔 선봉장이라 부를 수 있는 장군이 없소."
"좋습니다. 이 장합 준예, 사마의 님을 따르겠습니다!"
사마의군은 장합을 편입시키고 장안성 바깥으로 나왔는데, 병사 하나가 멀리서 다가오더니 사마의에게 조진의 뜻을 전달했다. 말을 전달받은 사마의는 매우 놀란 눈치였다.

"무어라, 촉군이 가정으로 진출했다고!? 가정이라 함은 굉장히 중요한 위치 아닌가? 그곳을 함락당하면 촉을 상대로 여러모로 불리해진다."
"조진 장군님께서 극구 부탁하셨습니다. 얼른 가정으로 가 주십시오!"

"알았소!"

한편, 촉나라 회의장에서는 누구를 가정으로 먼저 보낼지 결정하고 있었다. 제갈량이 마속에게 이러쿵저러쿵 얘기했다.

"마쨩, 우리 중군보다 먼저 가정으로 가서 진을 치고 위나라 군사를 막아 주길 바라오. 부장으로는 저번에도 팀플레이를 같이 했던 왕평을 데리고 가시오."

"넹, 제갈량 사마. ㅎㅎ"

"가정은 매우 중요한 요지라서 내가 그에게 중임을 맡기는 것이오. 잘 알겠소?"

"맡겨 주시길 바랍니당!"

마속과 왕평을 떠나보낸 제갈량이었으나, 그는 갑자기 마속에게 중임을 맡긴 게 불안해졌다. 그는 위연과 고상을 곱빼기로 불러 급파하였다. 가정에 다다른 마속과 왕평은 가정의 지형을 조사하기 시작했다. 문득 굉장히 높은 산이 하나 보였는데, 마속은 그 산이 굉장히 마음에 들었다. 마속이 왕평에게 지시를 내렸다.

"왕평 장군, 저 산에 진을 치는 게 어떻소?"

"으음? 저 산이 어떻길래 산에다 진을 친다고 하는 겁니까? 바로 저 앞에 있는 샛길에 진을 치는 게 훨씬 좋아 보임을 아뢰오."

"닥치시오, 왕평. 저 산에 올라가면 시야가 넓어져 적들의 위치 파악이 쉬워진다! 또한 산길을 타고 적진에 기습하는 것도 가능하다. 어떠냐, 내 병법이?"

"님, 지금 제정신이오? 자칫하다간 위나라 군사들에게 발릴 것 같은데?"

"난 제정신이오, 왕평 장군. 내 명령을 따라 주시오!"

"ㅅㅂ…. 암만 봐도 샛길 쪽이 훨씬 낫구만."

"지금 나 마속에게 욕을 하는 것이오?"

"아, 아닙니다. 명령에 따르겠습니다."

마속군은 진짜로 가정의 산에 올라가 진을 쳤다. 산 정상에 도달하니, 먼 곳에 위나라 진채가 보였다. 깃발에는 '사마'라는 한문이 표시되어 있는 것을 보아 사마의군인 듯하다. 마속은 왕평에게 멋진 대사를 읊었다.

"왕평, 저길 보시오. 포진이 완벽하게 되어 있지 않소? 과연 사마의로다. 어디 하나 지적할 데가 없소. 다만 안타까운 점은 너무 완벽하기에 문제라는 것이오. 그로 인해 난 알 수가 있소. 현재 사마의의 위치까지도 말이지."

"마속 장군님?"

"음? 무슨 할 말이라도?"

"설마 이 대사 치려고 산행한 것은 아니죠?"

"… ."

"이런 시발! 얼른 내려갑시다! 저길 보십시오! 위나라 군사들이 움직이고 있지 않소!"

그제야 마속도 뭔가 깨달은 게 있는지 모든 병사를 이끌고 산을 내려가는데, 이미 사마의군이 산을 포위하고 있었다. 사마의가 함박웃음을 지으며 말했다.

"마속이란 녀석, 정말 별거 아니구나! 마치 상병신 새끼 같다! 자, 장합이여. 병력을 맡겨 줄 테니 산행을 하여 마속을 발라 버리고 오시오!"

"ㅇㅋㄷㅋ"

장합군이 쾌속으로 진군하고 있는데, 이때 산 외곽에서 일군이 도착했다. 그들은 촉나라의 위연과 고상이었다. 그중 고상은 A매치 데뷔전이었다. 하필이면 중요한 임무를 맡은 셈인데, 이때 사마사가 요격에 나섰다.

"난 사마자원이다. 넌 누구냐?"
"저는 고상이라고, 뉴비입니다. 봐주면서 싸워 주십시오. ㅋ"

뉴비에게 봐주고 안 봐주고 할 것은 없었다. 사마사가 달려 나가 일격을 날리니 그는 "으아아악!" 하면서 사망하였다. 이 광경을 지켜본 위연은 고상의 복수도 할 겸 무쌍을 펼쳤다. 이에 사마소도 가세하였으나, 사마사와 사마소는 위연의 적수가 아니었다. 그들은 뒤로 내뺐다.

제 13 장
사마의 복귀전 2

사마사와 사마소가 고전하자 장합은 말을 돌려 그들을 구원하기로 하였다. 이윽고 장합과 위연은 서로 마주쳤다. 장합이 먼저 큰 목소리로 외쳤다.

"오, 시발. 마침내 적수를 만났구나! 나 장합 준예, 그대에게 일기토를 요청한다!"
"네 녀석, 나의 무력이 상당하다는 것을 모르는 듯하군! 나 위연, 간다!"

두 에이스의 대결, 그들은 열정적으로 싸움에 임했다. 여기서 지는 쪽은 패장이 되는 것, 양국의 자존심 문제였다. 장합도 그렇고 위연도 그렇고 전력을 다했으나 일기토는 쉬사리 끝날 것 같지 않았다. 지친 위연이 그에게 외쳤다.

"A매치 데뷔전인 녀석을 가차 없이 죽이다니! 네가 사람이냐?"
"데뷔전인데 전반전에 투입하는 새끼가 어디 있냐? 후반전에 투입시켜야 정상 아니냐?"
"ㅅㅂ…. 이어서 간다!"

한편, 산 정상에 진을 치고 있었던 마속과 왕평은 산을 포위한 사마의군과 치열하게 다투고 있었다. 그런데 문제는 산 정상에는 물이 없었다. 물 없이는 하루도 버티기가 어려운 게 팩트다. 마속군의 사기는 크게 저하되었고, 절반에 가까운 병사가 위나라의 사마의에게 항복했다. 마속은 "시발 시발…." 하며 병사들의 사기를 고취시켰다.

"시발! 얘들아, 이 전장에서 살아남는 자는 휴가 계획서를 작성해도 좋다! 다들 힘내자, 파이팅하자!"

휴가를 보내 주겠다는 마속의 발언에 촉나라 군사들의 사기는 순식간에 하늘을 찔렀다. 촉군은 왕평을 선두로 하여 활강하여 사마의군을 습격했다. 30분 후, 마속과 왕평의 군사들은 위나라의 포위망을 뚫는 데 성공했다. 마침 위연 쪽도 장합을 물리침으로써 가정의 싸움은 비기게 되었다. 다만 부상병이 너무 많았던 탓에 마속군은 퇴각하기에 이르렀다. 제갈량이 위치한 회의장, 그곳에서는 마속의 처분에 대해 시끄럽게 토론을 하고 있었다. 왜 마속을 처분하느냐면 A매치 데뷔전을 치렀던 고상이 마속 그 시발놈 때문에 죽었기 때문이다. 이는 중대한 문제였다. 군사 자리에 있던 강유가 제갈량에게 고했다.

"샛길만 막아도 위나라군을 막는 데 충분했는데, 마속 장군님은 샛길을 지키지 않고 산에 올라갔다고 합니다. 그래서 사마의군에게 포위를 당했으며, 절반 이상의 병사를 손실했고 고상 장군은 장합에게 뒤졌습니다. 이는 중대한 문제 같습니다. 부디 옳은 처분을 해 주길 아룁니다(마속 장군이여, 이번 기회에 그대를 죽이겠소! ㅎㅎ)."

"이런 시발…. 마쨩이 실수할 수도 있겠단 생각은 했으나 내가 너무 기대했구려. 내가 이 상황에서 마속에게 무처분을 내릴 경우엔 촉나라 장군들과 병사들에게 불만이 있을 것이오. 다만….”

“다만? 무슨 일이라도 있으십니까?”

“우선 나는 마쨩을 매우 아끼기도 하고, 계상이 성도 본거지에서 군권을 장악하고 있소. 여러모로 판단하자면 마속을 혼내고 싶지 않다는 뜻이오. 아시겠소?”

“헐…. 군법을 어겨도 살아남는 게 촉나라로군요? 조금 실망했습니다.”

“닥치시오! 강쨩!”

“ㅈㅅㅈㅅ 제가 잘못했습니다. 부디 봐주시길 바랍니다.”

“강쨩, 우선 마속을 데리고 이곳 회의장으로 와 주시오.”

“알겠습니다!”

제갈량이 부른 건 마속이었으나, 조운이 먼저 제갈량을 찾아왔다. 조운은 불평불만을 하며 그에게 말했다.

“제갈 승상, 솔직히 시발스럽지 않습니까? 가정을 먹었으면 서쪽 일대는 다 우리 촉군 거였습니다. 제발 마속을 죽입시다!”

“으음…. 조운, 자네는 그렇게 생각하는군. 근데 시발, 마속을 죽이자니 애로 사항이 꽃핀단 말이오. 우선 말은 잘 알겠소.”

“꼭 좀 부탁드리겠습니다.”

“음.”

이거 진짜 죽여야 하나, 말아야 하나? 제갈량은 깊은 생각에 잠겼다. 이윽고 마속이 강유와 함께 회의장에 찾아왔다. 마속이 울고 불고하며 제갈량에게 말했다.

"흑흑…. 제갈량 사마, 정말 죄송합니다. 제가 가정을 지켰어야 했는데…. 부장 왕평의 말도 제대로 듣지 않았으니 전부 제 탓입니다. 다만 위나라에 복수할 기회 좀 주실 수 있습니까? 이대로는 죽고 싶지 않습니다. 기회만 주신다면 제가 선봉에 나서서 녀석들을 죄다 역관광시켜 버리겠습니다! 제발 살려 주십쇼!"

"마쨩, 난 자네를 죽일 수 없소. 공을 세울 기회를 주겠다는 것이오."

"오오, 감사합니다! 기대해 주시길 바랍니다."

촉나라 내부에선 마량의 압력이 엄청나긴 한가 보다. 마속을 죽인다면 2인자 마량 쪽에서 반란을 일으킬지도 모른다는 생각이 마속에게 기회를 주는 바탕이 된 것이다. 뭐 어쨌든, 가정은 뺏겼으나 다시 천천히 일어서면 되는 것이다. 제갈량이 회의장에 모인 여러 장수에게 소리쳤다.

"제장이여, 우리는 사마의 그 시발 새끼에게 가정을 뺏기고 말았소만, 아직 노릴 곳은 많이 있소. 이번엔 진창으로 진출할까 하오. 그곳에는 공성전의 달인 학소가 지키고 있다고 하오. 우선 거기부터 무너뜨리고 사마의와 조진을 상대하는 게 좋을 것 같소. 자, 진군합시다!"

근데 놀라운 사실은 사마의가 촉나라의 진군 루트를 파악하고 있었다는 것이다. 상봉한 사마의와 조진은 서로 의견을 나누었다.

"조진 장군, 촉군이 가정에서 패퇴했으니 다음엔 진창으로 진출할 가능성이 있습니다. 저는 기곡과 야곡의 길목을 지키고 있을 테니 조진 장군께서 진창을 구원해 주셨으면 좋겠습니다."

"ㅇㅇ 그대의 말은 지당하오. 아직 잘 모르고 있겠지만 내 휘하엔 무쌍을 찍는 장수, 왕쌍이 있소. 그를 활용하여 제갈량 그 병신을 족쳐 버리겠소."

"오오, 믿음직스럽군요. 혹시 에이스 장합에 비빌 만한 장수입니까?"

"장합보다 더 세니 걱정 마시오."

이로써 조진은 선봉에 왕쌍을 세우고 곽회와 자신은 중군이 되어 진창으로 향했다. 조진보다 일찍 진창에 도달한 제갈량은 신호를 보내 대군을 파견, 진창 공성전에 돌입했다. 진창 성벽 위에서 촉나라 대군을 바라보던 학소는 낄낄대며 말했다.

"젖 같은 공명이여, 그대는 잘못 걸렸소. 이 진창성은 천연의 요새, 게다가 진창의 병력을 지휘하는 자는 바로 나, 공성전의 달인 학소란 말이오! 절대 성을 손쉽게 내주지 않겠소이다!"

제갈량은 정란과 파쇄차를 앞세워 진창성을 후렸으나 학소가 지휘하는 궁병들의 불화살에 의해 공성 무기들이 일일이 파괴되었다. 시발스러운 상황에 제갈량이 크게 당황했다.

"으으, 아무래도 안 되겠군. 제장이여, 이번엔 사다리차를 활용해 진창성을 점령해 보자. 꿈은 이루어진다!"

사다리차를 활용한 촉나라 군사들은 진창성 성벽 위로 진출하려 했으나 이번엔 라면을 끓이다 남은 뜨거운 물을 투척, 사다리를 타던 촉군은 모조리 쓸려 갔다. 당시 진창성을 지키던 위나라의 병사수는 고작해야 3천, 촉나라 병사 수는 5만을 훌쩍 넘었다. 그런데도 함락이 되지 않자 제갈량은 큰 고민에 빠졌다. 이대로라면 위나라 구원군이 진창에 도달할 것이다. 보나 마나 왕쌍과 마주칠 게 뻔했다. 왕쌍을 이길 장수는 없다. 촉군 회의장, 제갈량이 푸념했다.

"아오, ㅅㅂ…. 도대체 왕쌍을 죽일 방법이 무엇이오? 그놈만 없으면 잘될 것 같은데 말이오. 여기 계신 제장은 거침없이 자신의 의견을 밝혀 주길 바라오."
"제갈 승상, 저를 활용해 주십시오."

용감함으로는 세계 제일인 마대가 앞으로 나서며 말했다. 그는 마초의 동생으로, 비록 마초는 병에 걸려 죽었으나, 마초 못지않게 서량의 포스를 내뿜는 이였다. 제갈량이 기쁜 얼굴을 하며 그에게 말했다.

"마대여, 그대가 왕쌍 좀 죽여 줄 수 있겠소?"
"걱정 마십시오. 저에게 비책이 하나 있습니다. 여길 보십시오."

마대가 갑자기 갑옷을 벗더니 무언가를 보여 주려 하였다. 바로 그것은 다이너마이트…. 이것은 왕쌍과 자폭하겠단 소리였다. 제갈량은 마대의 결의에 감탄을 금치 못했다. 다음 날, 저 멀리서 왕쌍이 지휘하는 선봉 부대가 진창에 도달했다. 마대는 진채로부터 출격하기 전에 제갈량에게 고했다.

"승상, 만약 제가 죽거든 국가 유공자로 지정해 제 가문을 대대로 편하게 살게 해 주십시오. 저는 그것만으로 족합니다."

"음, 알겠소. 마대여, 슬슬 가 보시오."

"예, 이랴!"

촉나라 진채에서 튀어나온 마대가 왕쌍을 보며 말했다.

"네 녀석, 청룡언월도와 장팔사모를 동시에 활용하겠다니, 컨셉 하나는 잘 잡았구나!"

"뭐냐, 넌?"

"서량의 금마초의 동생, 마대다! 어디 한번 덤벼 보시지?"

"흥, 더 이상 말이 필요 없군. 간다!"

왕쌍이 두 무기로 마대에게 일격을 가했으나, 그는 간단히 회피하였고 순식간에 왕쌍을 껴안았다.

"아닛, ㅅㅂ! 너 설마 BL이냐?"

"아니다, 다이너마이트다! 으하하하! 같이 죽어 보자!"

이윽고 폭음이 들렸고, 두 장수는 저세상으로 갔다. 왕쌍이 들고 있었던 청룡언월도와 장팔사모도 그 엄청난 폭발에는 감당하기 어려웠나 보다. 두 무기는 시발스럽게도 증발해 버렸다. 왕쌍이 죽는 것을 보던 곽회는 매우 어이없어했다. 곽회가 조진에게 속삭였다.

"조진 장군님, 지금은 후퇴하는 것이 좋겠습니다."

"음, 어쩔 수 없군. 왕쌍이 죽고 없으니…. 우선 철수한다!"

제 14 장
사마의 복귀전 3

제갈량이 단상에 서서 촉나라 군사들에게 고했다.

"시발! 우리는 지금 왕쌍을 쳐 죽였고, 조진군은 저 멀리 후퇴했
다. 지금이야말로 공성전의 달인 학소를 쳐부술 호기라는 것이다!
마대의 희생을 생각해서라도 다시 진군하자! 조운, 위연! 선봉에
서시오! 그대들이 활약할 차례요."
"ㅇㅋㅇㅋ"

조운과 위연은 선봉에 섰으나 한 가지 문제점이 있었다. 바로 조
운이었다.

"으악, 시발!"

그는 70대 노인이다 보니 아무래도 전장에 나서기에는 여러모로
문제가 있었다. 이유는 바로 허리 디스크, 조운은 제갈량에게 교체
카드를 사용할 것을 진언하였다. 그 때문에 촉나라 군사들은 진격
속도가 늦춰졌으며, 덕분에 위나라의 학소는 공성전을 위한 모든
준비를 끝냈다. 이제 와서 교체 카드라고 해 봐야 관흥과 장포는
이미 죽었고, 마대는 자폭…. 그 외에는 쩌리들뿐, 그나마 있어 봐
야 강유…. 조운의 무예를 대신할 장수가 없었다. 그때 의외의 장
수가 제갈량에게 권유하였다.

"더는 가망이 없습니다. 철수합시다."

그의 이름은 양의, 제갈량이 귀찮아하는 일만 도맡아 하는 이였다. 말하자면 심부름꾼이라 할 수 있었다. 그 소리를 들은 제갈량은 심히 빡쳤고, 주변을 향해 외쳤다.

"누가 이 시발 새끼 좀 잡아서 죽이시오! 죽이는 자는 3대가 평탄하리라!"
"헐, 제발 좀 봐주십시오! 잘못했습니다!"

솔직히 말하자면 그동안은 아무도 그에게 관심이 없었는데, 제갈량의 명 하나만으로 그는 죽을 위기에 처했다. 제일 먼저 나서서 양의를 죽인 자는 바로 등신…. 그는 휴가 계획서를 제출하고 촉나라 성도로 휴가를 떠났다. 촉나라가 북벌 도중 어찌 되건 그는 아무런 상관이 없었다. 이젠 될 대로 되라 같은 느낌이었다. 제갈량은 또다시 진창성에 선전 포고를 하였다. 이번에는 위연과 더불어 관색이 엔트리에 올랐다. 그중 관색은 원래 가상 인물이지만 자기를 만들어 준 『코믹 삼국지 2』 작가에게 감사를 표했으며, 그는 위연과 더불어 최선을 다해 공성전을 펼쳤고, 진창성 정문을 돌파하는 데 성공했다. 관색은 진창성의 태수 학소를 처단하기에 이르렀다. 제갈량은 진창성을 돌파하는 관색을 보며 칭찬을 멈추지 않았다.

"이것 보시오. 우리 촉나라의 미래는 밝소이다. 쩌리놈들아, 좀 보고 배우시오!"

관색 하나 때문에 장익, 장억, 마충, 왕평은 상관에게 신나게 털렸고 이는 더욱 분발하는 계기가 되었다. 진창성에서 30리 떨어진 곳에 진을 치고 있었던 조진군은 공성전의 달인 학소의 사망에 절망을 금치 못했다. 안 그래도 왕쌍의 죽음 때문에 시발스러웠는데도 불구하고 말이다. 조진이 고민에 빠진 모습을 보던 곽회가 한 가지 제안을 하였다.

"조진 장군님, 아무래도 조정에게 문의를 하여 새로 격수를 모집하는 것이 이로울 것 같습니다. 솔직히 까고 말해서 왕쌍 장군을 능가하는 자는 없겠습니다만, 지금으로서는 지푸라기라도 잡으셔야 합니다."

"ㅇㅇ 그게 좋을 것 같소. 곽회여, 지금 당장 편지를 써서 병사를 시켜 낙양으로 보내시오. 우리 군사가 움직이는 것은 격수 추가가 되면 바로 합시다."

"이 곽회에게 맡겨 주시길 바랍니다."

안녕하십니까, 조예 폐하. 저희가 사실대로 말씀드리자면, 촉나라의 제갈량 그 시발노무 색기가 우리 왕쌍도 죽이고 진창성에선 학소를 죽였습니다. 지금 우리에겐 격수가 좀 필요합니다. 어여쁘게 봐주시고 당장 격수를 보내 주시길 바랍니다.

낙양성, 서신의 내용을 모두 읽은 조예가 자기 주변에 서 있던 신하들에게 물었다.

"여러분, 이게 전부인 듯하오. 짐이 어찌하면 좋겠소?"

이때, 화흠이 흠흠 하며 그에게 고했다.

"우리 군에 믿을 만한 사람은 조진 장군님뿐입니다. 정말로 급해서 보낸 듯싶으니 심사숙고하실 필요는 없을 듯합니다. 서둘러 파견하심이 좋겠습니다."

그리고 왕랑도 잘난 듯이 굴었다.

"듣자 하니 손례란 이가 있던데, 저번에 다람쥐 사냥터에 나선 조예 폐하를 습격한 호랑이로부터 구한 적이 있지 않습니까? 조예 폐하께선 왜 그를 중히 쓰지 않으십니까?"
"오, ㅅㅂ 생각해 보니 그가 있었군! 손례를 즉시 부르도록 하라 (어라, 나와 손례에게 그런 이벤트가 있었나?)."

까고 말하자면 손례는 자신의 무예 때문에 천거된 게 아니었다. 손례가 화흠, 왕랑에게 미리 뇌물을 먹였기에 가능한 것이었다. 하여튼 호랑이 사냥꾼 손례는 조예의 지시로 인해 조진군에 파견되었다. 조진이 그의 전적을 보더니 감탄하였다.

"오오, 이 자는 호랑이도 처치한 전적이 있군? 아무튼 잘 오셨소. 내가 바로 조진이오. 내 옆에 있는 자는 2인자 곽회요. 서로 인사하시오."
"곽회 백제입니다. 말 그대로 2인자입니다. 잘 부탁드립니다."
"아아, 넵! 손례라고 합니다. 저야말로 잘 부탁해요!"
"뉴비면 지금 당장 막사 청소부터 하시지?"
"?"

곽회는 자신의 직위가 높음을 이용해 손례에게 바닥 청소부터 시켰다. 마치 너의 위엔 내가 있다 같은 행위였다. 손례는 걸레질을 하며 아무도 모르게 소리를 내었다.

"조진 장군과 곽회 장군께선 내가 호랑이를 잡은 게 아니라 뇌물을 썼다는 사실을 눈치챘나? 이거 큰일인데? 어떡하지…. 안 되겠다. 호랑이를 진짜로 하나 잡아 봐야겠다!"

그는 산행을 하다가 호랑이에게 중상을 당했고, 조진은 그의 어처구니없는 행동에 매우 어이없어하였다. 곽회가 이어서 말했다.

"조진 장군님, 한 놈 더 부를까요?"
"ㅇㅇ 그러시오. 이번엔 좀 더 정상적인 자로 부탁하오."

곽회가 위나라 장수 서치를 해 본 결과, 이보다 좀 더 정상적인 자는 존재하지 않았다. 한편, 기곡과 야곡을 사수하던 사마의는 조진의 패전 소식에 깜놀하였다. 자신이 아는 조진은 이렇게 약하지 않았기 때문이다. 어찌 됐든 간에 그는 장합을 필두로 하고 사마사와 사마소를 거느리며 출병 준비를 하고 있었는데, 전방으로부터 놀라운 소식이 전해졌다.

"촉나라의 조운이 나이가 들어 병사했음을 아뢰오!"
"뭬야!?"

촉나라는 현재 초상집 분위기였다. 역전의 용사 조운이 사망했음은 촉나라에 있어 큰 손실이었다. 지금 당장 군을 물려 후일을 도모하자는 의견이 팽배했고, 제갈량은 심각한 고민에 빠졌다. 이때 옆에서 마속이 조언했다.

"우선 기산으로 후퇴를 한 뒤 조운 장군의 제사를 진행하는 척을 하여 위나라의 군사들이 쳐들어오도록 유도하는 것이 좋겠네요. 쳐부수는 것은 그다음 일이 될 것입니다. 어떻습니까? 제갈량 사마. ㅎㅎ"

"오, 시바. 마쨩, 놀라운 의견이외다. 당장 실현하겠소."

제갈량군은 진창에서 저 멀리 떨어진 기산까지 후퇴하기에 이르렀다. 조운이 죽었음을 모르지 않았던 위나라의 사마의 일행은 진창을 다시 빼앗고 기산으로 진군하려 했다. 하지만 그것은 페이크다 병신들아! ㅋㅋㅋㅋㅋㅋ 사마의군은 조운의 제사를 방해하려고 온 것이지만, 촉군은 그것을 노렸던 것이었다. 기산의 촉군을 통솔하는 강유가 심기일전을 하더니 지시를 내렸다.

"촉나라 여러분! 지금 당장 출진해 주시길 당부드립니다! 이 강유와 함께라면 문제없을 겁니다. 다 같이 사마의와 그의 친구들을 쳐부숴 봅시다! 끝까지 힘내 주시길 바랍니다! 감사합니다!"

쩌리가 기산 반대편에서 기습을 가해 오니 아무리 잘난 사마의군도 여기까지인 듯싶었으나, 선봉 장합의 무쌍에 의해 촉군이 밀리는가 싶더니, 장합이 모든 인물을 구하고 기산을 빠져나갔다. 이 말도 안 되는 상황에 제갈량이 푸념을 하였다.

"아니, 존나 좋은 수법을 썼건만 장합 하나 때문에 사마의를 놓쳤구나! 마치 진인사대천명이로다!"

아무래도 사마의를 죽이기 위해선 장합부터 어떻게 처리하는 것이 좋겠다는 생각이 든 제갈량이었다. 장합이 죽은 왕쌍에게 밀리는 것은 무력뿐, 통솔력만큼은 ㅇㅈ 해야 한다. 그래도 승리는 승리인지라 제갈량은 마속에게 포상을 내렸다. 제갈량은 질풍과 같은 속도로 다시 진창을 탈환하라고 지시하였다.

"나 관색, 진창성은 내가 차지하였다!"

가상 인물 관색은 진창성을 사수하던 소규모의 위군을 제압하고 진창을 함락하기에 이른다. 오장원에 병력을 집결한 조진은 뒤이어 도착한 사마의군의 사마의와 재회하였다. 오장원 막사, 조진이 벌벌 떨며 애처롭게 굴었다.

"사마의, 이대로 가다간 우리는 저세상, 책략을 새로 짜는 게 어떻소?"
"이제 와서 뭔 책략을 짭니까. ㅋㅋㅋ 이미 절반은 망했습니다."
"…."
"아니, 제가 뭐 틀린 말이라도?"
"님이 왕따로 불리는 이유를 알 것 같군."
"헐! 지금 저 모욕하는 것입니까? 모욕죄 ㄱㄱ?"
"그렇다면 난 명예 훼손죄로 당신을 관광하겠다! 어떻소?"

제 15 장
사마의 복귀전 4

위나라 군사들이 오장원까지 쫓겨나는 상황이 찾아오자, 제갈량은 그 즉시 병력을 동원하여 마찬가지로 오장원에 집결했다. 이제 장안까지는 멀지 않다. 촉나라 군사들의 사기는 순식간에 하늘을 찔렀다. 다만 안타까운 점이 있다면, 이미 조운이 나이 들어 사망하였고, 마속과 강유, 관색을 제외하면 다 쩌리라는 점이었다. 게다가 자기 자신마저 죽어 버리면 촉나라는 순식간에 인재난으로 인해 멸망할 것이다…. 그렇기에 제갈량은 단기전을 치러야만 했다. 제갈량은 마속이 밀어 주는 사륜거를 타고 함께 오장원 위나라 막사 바로 앞까지 나섰다. 제갈량이 위나라 쪽을 향해 외쳤다.

"네놈들아, 우리 촉나라보다 군사 수도 많으면서 왜 자꾸 수비만 하느냐? 미드필더는 있기나 하느냐?"

다만 그럼에도 불구하고 위나라는 함부로 군사를 움직이려 하지 않았다. 이는 바로 조진과 사마의의 작전이었다. 저번에 기산에서 촉나라에게 혼쭐난 적이 있었기에 수비만 하는 것이었다. 또 다른 점이 있다면 촉나라는 위나라에 비해 군량미가 부족하다는 점이다. 마치 핸디캡 매치를 하는 거랑 똑같다고 보면 된다. 오장원 촉나라 막사에서는 제갈량이 "ㅅㅂ ㅅㅂ"하며 말했다.

"이거 참 어이가 없구려! 이것은 조진도 조진이지만 사마의 그 왕따 새끼의 구상일 가능성이 높소! 어떻게 하면 좋을지 토론해 봅시다!"

그때, 강유가 한 가지 진언을 했다.

"제갈 승상, 저 강유에게 한 가지 책략이 있습니다. 그것은 바로 촉나라의 군사 절반을 여기서 서쪽에 위치한 군량미가 풍부한 농서로 보내 농사를 짓게 하는 것입니다. 우리 촉나라는 예전부터 원정을 뛰면서 군량 지원이 잘 되지 않았습니다만, 이렇게 한다면 위나라와의 장기전도 할 수 있는 법, 위나라 쪽에서 병력을 보내더라도 쌈 싸 먹으면 그만입니다. 어떻습니까, 부디 제 책략을 써 주십시오!"
"ㅅㅂ 강짱, 자네는 항상 놀라운 책략을 구사할 줄 아는구려. 내 그렇게 하겠소! 쩌리들은 지금 당장 집합해라!"

장익, 장억, 마충, 왕평 이 넷은 서둘러 농서로 파견되었고, 이 소식은 정말 놀랍게도 조진과 사마의에게 전달되었다. 한편 조진과 사마의 둘은 서로 자기가 더 대단한 사람이라고 여기면서 명예 훼손죄와 모욕죄로 법적인 고소를 하기에 바빴다. 그들은 변호사를 선임하며 서로 치고받고 싸우고 있었는데, 제갈량이 또다시 병맛 같은 작전을 구상하는구나 싶어 잠시 법적 대응을 미루게 되었다. 사마의가 조진에게 말했다.

"조진 장군, 제갈량 그 개새끼가 오장원에 진을 치고 농서에서 잘 익은 벼들을 수확하고 있습니다. 그래서 그런데 우리가 게릴라 작전을 펼쳐서 농사하는 적들을 순식간에 발라 버리는 것이 어떻습니까?"

"좋은 생각이오, 사마의 장군. 당신이 일군을 이끌고 가 보시오."

"헐? 님은 안 가십니까?"

"원래 이런 일들은 계급 낮은 이나 하는 것이오. 내가 좀 더 계급이 높으니 내 말에 따라 주시지?"

"이럴 수가, 아무리 삐져도 유분수지. 정말 답이 없군요. 그럼 다녀오겠습니다."

사마의군은 위나라 진채 바깥으로 나서더니 오장원에서 우회로로 이동, 농서로 향했다. 오장원에서 촉군과 정면 승부를 하기에는 제갈량이 예견한 대로 될 수도 있기 때문이었다. 그 당시 사마의의 이런 행보는 전혀 예측이 불가능했으므로, 과연 사마의라 할 만하였다. 사마의군은 농서의 논에 이르렀다. 이곳에는 쩌리밖에 없었기 때문에, 쩌리들은 선봉 장합의 무자비한 토벌에 모조리 사로잡힐 뻔했으나, 위연과 관색의 지원으로 인해 간신히 넷 다 살아남았다. 어떻게 오장원을 우회하여 이곳 농서까지 올 수 있었을까. 어떻게 농서에서 농사를 짓는다는 사실을 알게 되었을까. 참으로 모를 일이었다.

"이런 시발!"

오장원 촉의 막사, 제갈량은 시발을 외치더니 또다시 회의를 소집하였다. 이에 마속이 그에게 진언하였다.

"듣자 하니 성도에 있는 마량 형께서 원군을 보내 주겠다고 하셨습니다. 원군이 이곳까지 도착하기 전까진 존버를 하는 게 어떻습니까?"

"음, 그 원군이란 누구요? 설마 또 다른 쩌리는 아니겠지?"

"그게…. 제가 보기엔 네임드는 아니고 쩌리 같습니다."

"어쨌든 없는 것보다는 낫겠지. 마땽, 그들을 정중하게 모시게."

"알겠습니다, 제갈량 사마. ㅎㅎ"

제갈량이 계속해서 위나라를 상대로 존버를 펼치던 도중에, 촉나라 본진으로부터 세 장수가 오장원 촉의 막사에 이르렀다. 한때 휴가를 나갔던 등신과 오반 그리고 그의 형인 오의였다. 그래도 원군이 어디냐. 제갈량은 한숨을 쉬긴 했지만 적극 환영하기로 했다. 원군들이 온 겸 제갈량이 또다시 회의를 소집했는데, 위연이 나서더니 예전에 자신이 주장한 내용을 되풀이했다.

"제갈 승상 그리고 여러분, 이번엔 제발 제 의견에 따라 주시길 바랍니다. 지금 위나라 군사 대부분은 이 오장원에 집결하고 있습니다. 장안은 빈 성이나 다름없단 소리입니다. 별동대를 편성하여 자오곡을 통해 신속하게 장안을 점령하는 게 어떻겠습니까? 이제는 한 차례도 아니고 두 차례이므로 심사숙고해 주시길 바랍니다."

"흐음…."

제갈량이 큰 고민을 하더니 마침내 결단을 내렸다.

"좋소, 위연 장군. 그대가 선봉이 되어 자오곡을 진군하시오. 부장으로는 이번에 휴가에서 복귀한 등신을 그대에게 맡기겠소."

"드디어 저를 믿어 주시는군요. 감사합니다."

"으음."

제갈량은 날랜 정예병 5천을 위연과 등신에게 맡겼다. 자오곡은 기곡이나 야곡같이 비좁은 곳이라 전투를 하기엔 매우 시발스러웠다. 좀 더디더라도 계속해서 진군을 하고 있었는데, 위연은 등신으로부터 놀라운 사실을 알아챘다. 위연의 눈이 휘둥그레지며 등신에게 말했다.

"뭣이라? 제갈량 승상이 마왕이 되려고 한다고!?"
"쉿, 조용히 하십시오. 병사들이 듣겠습니다."
"근데 그 소식을 어떻게 알았소? 아니, 그보다 마왕이 되려고 한다니 『삼국지』 시대에 그게 가능하오?"
"사실 오나라의 손권 폐하에게 우연히 엿들었습니다. 듣자 하니 자기 자신은 '삼국지 조조전'이란 게임을 즐겼으며, 이 게임에서 가상 루트로 선택지를 고르다 보면 제갈량 승상께서 마왕이 되려고 한다는군요. 이 내용은 위연 장군만 알고 계십시오."
"음, 알았소. 애들아, 얼른 이 자오곡을 빠져나가자꾸나! 진군!"

그러나 이것은 페이크다 병신들아! ㅋㅋㅋ 조진은 촉나라 군사 중 일부가 자오곡을 통해 장안을 탈취하고자 하는 사실을 예측하고 있었다. 자오곡에서 바깥으로 빠져나오는 길목에 수많은 궁수를 배치하니 위연과 등신은 후퇴하는 수밖에 없었다. 오장원 촉나라군의 막사, 이 소식을 전해 들은 제갈량은 크게 빡치더니 슬슬 위연을 죽여야겠구나 싶은 생각마저 들었다. 그러나 강유가 옆에서 고하며 말렸다.

"제갈량 승상, 부디 진정하시길 바랍니다. 위연 장군님이 실패한 것은 맞으나 위연 장군님만 한 장수는 이 촉나라에 없지 않습니까? 등지 장군님도 마찬가지입니다. 예전에 오나라와 화친을 맺은 전적이 있잖습니까. 재고해 주십시오."

"강쫭, 솔직히 말해 위연 그를 죽이고 싶소만, 그가 죽으면 촉나라 장수들이 죄다 쩌리투성이라 참으로 안타깝소. 원래라면 군기를 바로잡기 위해 죽여야 마땅하지 않소?"

"저도 잘 압니다. 그래도 촉나라의 후사를 위해 그를 살려 줍시다."

"정말 아쉽군."

이윽고 위연과 등신이 오장원 촉군의 막사에 들어가 제갈량에게 용서를 구했고, 제갈량은 하는 수 없이 그들을 살려 두기로 하였다. 촉의 진출로인 자오곡, 오장원을 틀어막고 있는 조진과 농서의 풍족한 논을 사수하고 있는 사마의, 이 알파고스러운 인공 지능을 갖춘 둘 때문에 어떻게 진출할 수 없었던 제갈량은 입으로 피를 토했다. 아무래도 과한 스트레스가 원인인 듯했다. 슬슬 자기 수명이 다할 것이란 느낌에 강유와 마속을 데리고 진채를 순찰하며 그들에게 말했다.

"마쫭, 강쫭, 아무래도 내 수명이 여기까지인 것 같소. 내 나이 54, 충분히 오래 살았다고 생각하오. 다만 내가 여기서 죽게 되면 조진이나 사마의가 이끄는 군사들이 우리 촉나라를 침범할 것이 분명하오. 그러나 한 가지 방법이 있소. 내가 저 하늘을 향해 기도를 하면 수명이 늘어날 것이오. 둘은 어떻게 생각하오?"

이에 강유가 앞에 나서며 말했다.

"저도 그 기도에 대해 들은 바가 있습니다. 마속 장군님이 국정을 담당하고, 제가 제갈량 승상의 막사를 철통같이 지킨다면 기도는 성공적으로 끝날 터, 부디 저희에게 맡겨 주십시오."

마속도 강유의 의견에 동의하며 말했다.

"제갈량 사마는 저를 매우 아끼며 죽을 고비도 있었지만 살려 주셨습니다. 맡겨 주시길 바랍니다. ㅎㅎ"

 무슨 기도를 하면 수명이 늘고 하는 게 가능이나 한가. ㅋㅋㅋㅋ 나관중 작가님은 정말 대단한 사람인 것 같다. 어찌 됐든 제갈량은 막사 안에 들어가더니 밥 한 끼도 안 먹고 잠을 자지도 않으며 하늘을 향해 기도를 드렸다. 이제 하루만 더 기도를 끝내면 생명 연장이 가능했으나, 아니 이런 시발 같은 위연이 막사 바깥을 지키던 강유에게 큰 목소리로 말했다.

"강유 장군, 지금 위나라 조진이 우리 진채 바깥에서 시위를 벌이고 있소! 곧 있으면 이 진채까지 당도할 것이오! 승상의 지시가 필요하오."
"위연 장군님, 지금 제갈량 승상께선 열심히 기도 중이십니다. 국정을 담당하시는 마속 장군님에게 가서 보고하는 게 어떻습니까?"
"닥치시오!"

 위연은 검집에서 검을 꺼내 강유를 위협했고, 강유 또한 응수했다.

제 16 장
마왕 제갈량전

"아니, 이럴 수가!"

제갈량이 제사를 지내는 막사 바깥에선 강유와 위연이 한창 신나게 일기토를 하고 있었다. 강유가 약한 편은 아니었으나 촉나라 안에서는 탑으로 불리는 위연인지라 강유는 지쳐 쓰러졌다.

"시발, 얼른 승상께 보고해야 한다!"

위연이 한마디를 하더니 서둘러 막사 안으로 들어갔다. 과연 그 안에는 제갈량이 수많은 촛불 한가운데서 무릎을 꿇고 기도를 드리고 있었다. 그는 위연이 들어오든 말든 신경 쓰지 않았다.

"시발, 예수여! 날 구원해 주소서!"
"제갈량 승상! 저 위연입니다! 지금 큰일 났습니다. 현재 조진이 쳐들어오려고 합니다. 어떻게 해야 좋을지 얼른 분부를 내려 주십시오!"
"…."
"아니, 시발. 지금 기도를 드릴 상황이 아니지 않습니까? 얼른 정신 차리십시오!"
"으음?"

제갈량이 신나게 기도하던 도중, 위연은 제갈량 주위에 있던 촛불을 생일 축하하듯 전부 후후 불어 껐다. 그제야 제갈량은 문득 정신이 들었다.

"위연 장군?"
"제갈량 승상, 이제 정신이 드셨군요? 지금 조진이….."
"그대가 선봉이 되어 조진을 물리치시오."
"예, 알겠습니다. 믿고 맡겨 주십시오!"

이런 슈벌. ㅋㅋㅋ 이 소리 들으려고 위연은 막사까지 쳐들어온 것이었다. 위연이 막사 바깥에 나가더니 쩌리를 포함한 장수들과 병사들에게 큰 목소리로 말했다.

"모두, 나를 따르라! 가자!"

촛불이 꺼졌으니 제갈량의 기도는 실패한 것인가? 다행히도 그렇지 않다. 제갈량은 자신이 새로 개발한 라이터로 촛불들을 다시 켰다. 그리고 다시 제사를 서둘렀으므로, 마침내 그의 소망은 이루어졌다. 그것은 놀랍게도 수명 연장이 아닌, 단지 마왕이 되기 위해서였다.

"흐흐흐…. 게임셋이군. 마침내 난 마왕이 되었다!"

왜 하필이면 오장원까지 와서 기도를 드린 것인가? 그것은 바로 여기가 명당이라서 그렇다. ㅋㅋㅋ 이제 제갈량은 촉나라를 조종하여 천하 군림을 하려 했다. 그런데 그때, 누군가가 막사 안으로

112

들어왔다.

"역시 마왕이 되려고 했군! 마왕 제갈량, 각오해라!"

아니, 이런 젠장! 하필이면 각을 재고 있던 등신이 쳐들어오더니 검을 휘둘러 제갈량을 일격에 죽였다. 그런데 좀 웃긴 건 막사 바깥에서 쓰러져 있던 강유가 정신을 차리고 막사 안으로 들어온 것이다. 딱 보니까 등신이 제갈량을 죽인 것 같아 크게 화를 내며 말했다.

"등신 새끼야! 내가 욕은 웬만하면 안 쓰는 편인데, 너는 이 강유 백약에 의해 죽임을 당할 것이다!"
"아니, 강유 장군! 내 말을 좀 들어 보시오! 제갈량 승상은 마왕이 되기 위해…."
"이제 그만 뒤져 주시오!"

이로써 등신을 살해한 강유는 그의 목을 가지고 마속의 막사로 입장, 제갈량이 죽었음을 알렸다. 이 소식을 들은 마속은 매우 깜놀하였다.

"ㅋㅋㅋㅋ…. 시발스럽구려. 이제 제갈량 사마도 없으니 우리는 어떻게 해야만 하오?"
"마속 장군님, 지금 당장은 촉나라로 후퇴할 수밖에 없다고 봅니다. 근데 문제가 하나 있습니다."
"무슨 문제입니까?"
"지금 바깥에서 위연 장군이 위나라 조진을 상대로 무쌍을 찍고 있습니다만, 그가 제갈량 승상이 죽었단 사실을 알게 되면 필시 반역을 할 가능성이 큽니다. 이참에 그를 제거하는 게 좋겠습니다. 위연 장군을 방패 삼아 내버려 두고 촉으로 가잔 소립니다."

"ㅋㅋㅋㅋ 그대는 진짜 정이란 게 없는 것 같소. 하여튼 그렇게 합시다."

"ㅋㅋㅋ 감사합니다."

한편, 위연은 자기에게 원군이 오질 않아 "ㅅㅂㅅㅂ"하고 있었고, 결국 그는 상당한 숫자의 위나라 군사들에게 둘러싸여 숨졌다. 이에 조진과 곽회는 서로 "ㅋㅋㅋㅋㅋㅋㅋㅋ"하며 웃었다. 조진이 썩소를 감추지 못하며 말했다.

"와, 진짜 촉나라 새끼들. ㅋㅋㅋㅋ 촉나라 무력 1순위인 위연을 죽게 내버려 두다니, 이게 다 강유와 마속의 계략인가? 그들은 참 머리가 돌아가는 것도 개병맛인 것 같소! 그대 생각은 어떤가, 곽회여?"

"할 말 없습니다. ㅋㅋㅋㅋ 촉나라 군사들이 서둘러 퇴각을 준비하고 있으니, 사마의에게 시켜서 추격하도록 합시다!"

"좋소! 그렇게 합세."

사실 곽회가 사마의를 시키는 이유는 조진군의 격수가 사실상 제로이기 때문이었다. 사마의가 위치한 농서의 막사, 곽회는 사마의에게 명령을 전달했다.

"아시겠소, 사마의 장군? 조진 장군님의 명이니 따르는 게 좋겠지?"

"ㅇㅋㅇㅋ 알겠습니다. 그리하도록 하죠."

이번에도 긍정적인 생각을 갖고 있는 사마사가 자신의 아버지 사마의에게 말했다.

"촉나라가 후퇴하는 이유는 따로 있을 것입니다. 지금 치면 우리가 이길 가능성이 클 것 같습니다."

그러나 매사 부정적인 생각을 갖고 있는 사마소가 반대했다.

"이기긴 뭘 이깁니까? 제대로 된 소식이 나온 게 아니면 수비나 하고 있읍시다. 뇌피셜을 믿지 말자는 것입니다."

하지만 사마의는 첫째 아들 사마사의 생각을 존중하였다. 그는 장합에게 이렇게 저렇게 지시하였고, 장합은 선봉이 되어 오장원 촉나라의 진채로 공격했으나 그곳에는 아무도 없었다. 이에 장합은 촉나라 놈들이 모조리 성도로 도망쳤구나 싶어 좀 더 깊숙이 쳐들어갔다. 그는 촉나라의 요새인 양평관까지 이르렀으나, 공성 준비를 끝마친 쩌리들이 버티고 있어 함부로 노릴 수가 없었다. 이에 장합은 사마의에게 돌아가 보고를 끝마쳤다. 그렇다. 제갈량이 죽고 없는 마당에 촉나라는 위나라를 노릴 수가 없었다. 완전 폭망했다는 말을 하고 싶은 것이다. 그래도 좀 나아진 점이 있다면 그동안 촉나라에 혼쭐난 위나라였기에, 서둘러 싸우지 않고 낙양으로 전부 철수했다는 것이다. 촉나라의 황제 유선은 마속과 강유를 일등 공신으로 임명하였다. 이에 크게 기뻐하는 이가 있었다. 그는 바로 백미인 마량이었다. 자기 동생이 잘나가는데 싫어하는 경우가 과연 있을까…. 여하튼 마량 또한 2인자에서 1인자가 되었으니, 촉나라는 마씨들의 세상이나 다름이 없었다.

"으악!"
"아아악!"

  그리고 제갈량이 군권을 장악하고 있을 때 원정으로 파견되었던 오반과 오의는 교체 선수임에도 불구하고 특별한 공이 없었으므로 마속의 지시에 의해 모조리 사망하였다. 한편, 저 멀리 양평 찌끄레기에서 살고 있던 공손연은 스스로 연왕이라 칭하며 반란을 일으켰다. 마침내 위나라 황제 조예로부터 신망을 받아 승상으로 임명되었던 사마의는 군사를 이끌고 장합을 선봉으로 세워 양평으로 향했다. 양평에 이르기 전, 사마의는 장합에게 이렇게 말했다.

  "내 생각에 양평에서 요격을 나오는 것은 병신이고, 양평에서 농성하는 것도 병신이며, 양평을 버리고 도망치는 것 또한 병신이 하는 짓이다! 모두 사기충천하자!"

  아니 그럼 어떻게 하라고!? 결국 공손연은 위나라 사마의를 요격하러 나왔다. 일찍이 공손연의 부하인 가범이나 윤직 같은 이가 싸우지 말라고 그렇게 말했건만. ㅋㅋㅋㅋㅋ 결국 공손연 일행은 장합의 무쌍에 지쳐 쓰러졌다. 말하자면 즉사한 것이다. 양평을 신나게 털고 낙양으로 돌아간 사마의에겐 깜짝 놀랄 만한 일이 있었다. 바로 황제 조예가 병으로 사망하고 만 것이다. 당시 조예의 아들들은 죄다 어렸으므로, 그나마 나은 조방이 위나라의 황제가 되었다. 그리고 그를 보좌하는 역할로는 조예의 지시에 따라 조진이 되었다. 조진도 사마의 못지않게 엄청난 권력을 갖게 된 것이다. 사마의 일가가 황제 조방을 뵙기 전, 사마의는 자기 아들인 사마사, 사마소에게 일러두었다.

"사, 소. 이는 필시 권력 투쟁으로 이어질 가능성이 있다. 조진 장군이 날 죽일 수 있다는 것이다. 바깥 외출을 자제하도록 하자."

이윽고 황제 조방을 만난 사마씨 일가는 낙양 근교에 있던 자신들의 저택에서 근신하기로 했다. 사마의의 저런 행동에 조진은 "ㅋㅋㅋㅋㅋㅋㅋㅋㅋ" 하고 웃었다.

"사마의 녀석, 내가 권력을 잡아 버리니 깨갱깨갱하는구나! 그에게는 사병들이 없는 것으로 안다. 어디 한번 사냥이나 나가 보자꾸나, 얘들아!"

조진은 사마의가 야심이 크다는 것을 알고 있었으나, 이 정도 수준이라면 안심해도 되겠다 싶어 마음을 놓았다. 하지만 조씨 일가가 다람쥐 사냥하러 나간 상황을 인지한 사마의는 이때가 호기다 싶었다.

"사, 소. 출진 준비를 마쳐라. 내가 반드시 내 편인 장합 장군과 같이 녀석들을 토벌하고 위 황궁을 점거할 것이다."

사마의는 낙양에서 대기 타고 있던 장합을 데리고 조방을 사로잡았다.

제 17 장
사마의 모반전

사마의 일가에게 붙들린 조방은 무서워 벌벌 떨며 말했다.

"사, 사마의여. 제발 나를 살려 주시게. 난 아무 잘못도 하지 않았소!"

"걱정 마십시오. 목숨만은 살려 드리겠습니다."

"모, 목숨만이라니. 날 어찌할 셈인가?"

"그건 차차 알게 될 것입니다. 진태!"

"넹. ㅋ"

"조씨 일가와 사냥하러 나간 조진 녀석에게 이 편지를 전달하도록."

참고로 진태는 위나라의 공신 진군의 아들로, 진군이 고위직의 인재들에게 입을 털어 순식간에 출세한 인재였다. 그는 말썽쟁이란 말이 매우 어울릴 정도로 쾌활했다. 여하튼 진태는 다람쥐 사냥터에서 머물고 있던 조진에게 찾아갔다. 이윽고 진태에게 편지를 건네받은 조진은 숨 가쁘게 그 내용을 읽어 나갔다. 그 내용이란 조예로부터 받은 병권을 사마의에게 양도해야 하며, 백성이 되어야만 한다는 것이었다. 만약 그렇지 않으면 정면 싸움을 하겠다는 것이다. 참으로 놀랍기 그지없었다. 이미 조방이 사마의의 손아귀에 넘어갔기에, 더 이상의 싸움은 자기들에게 불리했다. 조진은 장고 끝에 결단을 내렸다.

"에잇, 왕따 녀석에게 굴하지 않으면 안 된다니! 항복이다! 병권을 사마의에게 넘기겠다."

낙양의 궁전에 입성한 조진. 그는 인수를 사마의에게 주었고, 정말로 백성이 되었으나 조진이 다시 반란을 도모할지 알 수 없었으므로 걱정이 된 사마의는 조방에게 명령하듯 말했다.

"조방 폐하, 내 말 안 들으면 알지? ㅋㅋ"

조방은 이미 사마씨 일가의 꼭두각시에 불과하였다. 조방의 지시는 곧 사마의의 지시, 조씨 일가는 모두 붙들려 사형 선고를 받았다. 이쯤 되면 궁금한 게 하나 있지 않은가? 바로 곽회의 존재였다. 이 당시 곽회는 장안을 지키고 있었는데, 조정의 소식을 듣자 하니 사마씨가 정권을 차지했다 해서 어찌해야 좋을지 고민하고 있었다. 순순히 사마의를 따라야 하나 싶었는데, 마침 급보가 날아왔다. 자기와 같이 장안을 수비하고 있던 하후연의 아들 하후패가 반역을 일으킨 것이다. 사실 하후패는 지금은 죽고 없는 조진과 상당히 친했기에, 사마의의 병권 장악을 구실로 삼았다. 이는 호기였다. 곽회는 이 하후패를 사로잡음으로써, 나 자신은 사마의의 편이라는 것을 드러내고자 하였다. 그 둘은 장안성 내에서 신나게 싸웠으나, 이때 갑자기 등장한 인재 하나가 있었다. 그의 이름은 바로 등애였다. 그는 이 내분이 벌어지기 전에 2인자 곽회에 의해 등용된 적이 있었다. 물론, 하후패의 입장에서는 처음 보는 인재였기에 그는 먼저 이름부터 물었다.

"넌 도대체 누구냐? 마치 농사일 잘할 것 같은 녀석 같구나!"

"정답이다. 나의 이름은 등애, 그대와 일기토를 하고 싶소!"

"ㅋㅋㅋㅋㅋㅋㅋ 혹시 님 쩌리 아님?"

"붙어 보면 알지 않겠소? 해 봅시다. ㅎㅎ"

"자, 간다!"

하후패의 무쌍도 무쌍이었지만, 등애 또한 신입이라서 그런지 패기도 넘치고 만만치 않았다. 30합을 겨뤘으나 밀리는 쪽은 하후패였다. 그는 절망에 빠지며 "시발 시발!" 했다.

"생각보다 쩌리 같진 않구나!"

하후패는 군사를 물리려 했으나, 딱 타이밍이 알맞게 사마의의 군사들이 지원을 왔다. 보아하니 하후패의 병사들 숫자로는 어림도 없어 보였다. 뜻밖의 참패를 당한 하후패, 그는 진지하게 고민하더니 병사들 앞에서 이러한 중대 결정을 내렸다.

"사마의와 곽회의 군사들과 또다시 맞붙다간 우리는 전멸당하고 말 터, 차라리 촉나라로 가자. 그곳에는 마량, 강유, 마속과 같은 쟁쟁한 인재들이 버티고 있다고 들었다. 어떠한가?"

한편, 촉나라는 장완의 의견 하나 때문에 문관끼리 분쟁을 하고 있었다. 그 의견이란 이렇다.

"지금은 돌아가신 제갈 승상께선 항상 한중의 북쪽 지역을 점거하는 데 애를 쓰셨소. 다만 이것은 잘못된 생각이오. 우리는 한수란 강에서 래프팅을 하여 위나라 땅인 상용을 습격, 차지하는 것이 지당하오! 생각한 대로 이루어지면 낙양도 순식간이오! 어떻소이까? 100점 만점에 몇 점?"

그때, 태클 걸기 귀신인 초주, 그는 이번에도 자기 의견이 가장 최고라는 자신감과 함께 반박하였다.

"장완 승상, 제갈 승상에 뒤이어 자신이 승상이 되었다고 까불지 마시오. 그 전략이 실패한다면 어찌 되겠소? 게다가 래프팅이라니, 웃기는 짓은 하지 말고 백성들 먹을 식량이나 책임집시다!"
"아, 혈압 올라! 초주, 어디 한번 나와 설전이나 해 봅시다!"
"ㅇㅋ ㄱㄱㄱㄱ"

초주가 예전 설전에서 제갈량에게 발리긴 했었으나, 그래도 초주는 초주였다. 그는 장완을 개빡돌게 만들었으며, 결국 패배한 이는 장완이었다. 승상 주제에 문관 찌끄레기에게 설전으로 발리다니…. 자신도 인정하고 싶지 않았으나, 워낙 큰 충격을 먹어서 그런지 병이 하나 생겼다. 그것은 바로 스트레스로 인한 병이었다.

"꼴까닥…."

그로부터 3일 뒤, 장완은 자신의 저택에서 시신으로 발견되었다. 결국 그가 주장한 상용 습격 작전은 이루어지지 않았다. 하후패가 촉나라 한중으로 찾아온 시기는 바로 이때쯤이었다. 그 당시 한중은 강유가 이끌고 있었다. 하후패의 항복 소식에 강유는 기뻐하며 한중성 문을 열었고, 그 둘은 정원에서 의논을 하였다. 강유가 하후패의 말을 듣더니 이렇게 말했다.

"흐음. 어쨌든 잘 오셨습니다, 하후패 장군님. 이제 슬슬 기회가 온 것 같군요. 제갈 승상께서도 실패한 북벌, 이 강유 백약이 이루고야 말겠습니다. 하후패 장군님도 저를 도와주시죠?"

"물론입니다. 사마씨의 위나라는 우리가 알던 위나라가 아니므로, 저도 돕겠습니다."

"오, 좋습니다! 제가 직접 성도로 가서 유선 폐하에게 고하도록 하죠."

강유는 하후패가 촉나라 내부에서 다시 반란을 일으킬 가능성이 농후하다고 생각해 장익, 장억, 마충, 왕평과 같은 쩌리들을 한중에 남기고는 성도의 유선을 알현하였다. 강유의 깜짝 놀랄 의견에 유선은 지레 겁부터 먹었다.

"어, ㅅㅂ…. 강유 장군, 하후패가 우리 편이 된 것은 다행이오만, 우리가 위나라랑 싸워서 이길 수 있겠소?"

"그렇습니다. 반드시 낙양을 유선 폐하께 바치도록 할 테니 염려 마시옵소서."

"아아, 난 사실 전쟁이 무섭소. 반드시 이기고 돌아오시오!"

"감사합니다, 폐하. 꼭 임무를 완수하겠습니다!"

강유는 마량과 마속에게도 찾아가 이 같은 뜻을 밝혔다.

"두 분 다 걱정 마십시오. 제가 반드시 해내고야 말겠습니다!"

"난 필요 없습니까?"

이때, 마속이 매우 걱정스럽다는 투로 강유에게 말했다.

"요새 남만에서 새로운 추장이 나타났다고 합니다. 그는 맹획보다도 더한 녀석이라는 소문이 있으므로, 마속 장군님께서는 혹시 모를 적의 움직임을 관찰해 주십시오."

"ㅎㅎ 알았소. 수고해 주시오!"

한편, 이 당시의 중국 전토에는 워크래프트란 게임이 유입되고 있었다. 이 게임은 마치 민속놀이급으로 퍼져 나갔으며, 마량과 마속은 같이 PC방에 들러 게임이나 하면서 나날을 보내고 있었다. 고위급 관직들이 이 모양이니, 촉나라가 제대로 돌아가겠는가? 마씨 일가는 유선보다 더하면 더했다. 그리고 이건 추가된 사항인데, 요화라는 인재가 강유의 북벌에 가담하였다. 그는 아주 오래전에 황건적의 선수로 뛴 적이 있었고, 유비의 편이 되어 쩌리 신세를 담당하기도 하였다. 그리고 지금, 북벌까지 뛰고 있으니 나이가 제법 들었다. 어찌 보면 노익장이라 볼 수 있겠다. 한편, 이 당시 위나라는 사마의 세력의 압력으로 인해 조방이 폐위되고, 조모가 즉위하였다. 조모도 조방 못지않게 어린 황제였으므로, 허수아비나 다를 바 없었다. 이렇게 사마씨 일가가 중앙 집권을 꾀하고 있었는데, 촉나라 군사들이 또다시 장안을 향해 진군하고 있다는 소식이 들렸다. 사마의는 개깜놀했다.

"뭬야!?"

근데 너무 깜짝 놀라서 그는 심장병으로 사망하였다. 이로써 병권은 사마의로부터 사마사에게 넘어갔다. 그는 사마소에게 일렀다.

"사마소, 너, 형 누군지 잘 알고 있지? 내 권력의 무서움을 말이야."

"ㅇㅋㅇㅋ 알았어, 형. 난 보조만 담당할게."

"음, 우선 인재를 모아 보자!"

사마사와 사마소는 놀랍게도 아직도 사망하지 않은 장합과 2인
자 곽회, 말썽쟁이 진태 그리고 저번에 좋은 성적을 거둔 등애를
소환하여 엔트리를 구성했다. 상대는 강유, 하후패, 관색과 그 외
나머지는 쩌리로, 엔트리로만 따지자면 위나라 쪽이 훨씬 압도적
이었다. 자, 강유는 이제 어떻게 북벌을 성공적으로 이끌 것인가.
그것은 정말이지 알 수 없는 일이로다.

제 18 장
강유 북벌전

　병마를 이끌고 한중으로부터 북진을 시도한 강유, 그는 촉나라의 진짜 쩌리 중 쩌리인 이흠과 구안을 국산이란 지형에 성을 두 채 지어 위나라의 공습에 대비를 하도록 한 뒤, 자신과 하후패, 관색은 서평에 머물렀다. 왜 하필 서평이란 곳에 머무냐면, 강유가 강족과 호의적인 관계라고 주장하였고, 그들이 촉을 반드시 도와줄 것이라고 믿고 있었기 때문이다. 하지만 강족은 강유의 말대로 하지 않았다. 왜냐하면 촉나라를 돕는 것보다 위나라를 돕는 것이 레알 유리하기 때문이다.

　"크으, 강유 장군님!"

　그때, 저 멀리서 이흠이 화살을 수십 발을 맞은 채로 이쪽으로 오고 있었다. 이흠의 말을 듣자 하니, 위나라의 군사들이 댐을 건설하여 마실 물이 이흠과 구안이 지키는 성채로 흘러가지 않게 하였던 것이다. 인간이 하루라도 물을 마시지 않으면 뒤진다는 사실을 모르는 사람이 누가 있을까. 몇 시간 전, 이흠과 구안은 구원군을 요청하기 위해 서로 가위바위보를 했고, 마침내 이흠이 걸렸기에 그는 죽음을 무릅쓰고 이렇게 강유에게 당도하였던 것이다. 참으로 대단한 녀석이다. 이흠은 강유에게 서둘러 구안을 구출해 주길 바랐고, 그는 과다 출혈로 인해 숨졌다. 그때, 이를 바라본 하후패가 강유에게 고했다.

"아 시발. ㅋㅋㅋㅋ 강유 장군, 이거 큰일 난 것 같소이다. 강족은 구원하러 오지도 않으니 어쩌면 좋겠소?"

"흠, 이렇게 된 이상 우두산으로 진격하여 적들을 기습하여 박살 내는 게 좋겠습니다. 그러나 좀 웃긴 것이 어떻게 우리가 국산으로 진출할 줄 알았는지…. 참 신기하군요. 위나라에서는 사마의가 병으로 죽었다는 얘기는 들었습니다만, 그의 아들인 사마사와 사마소도 만만치 않은 놈들이라고 들었습니다."

"아아, 강유 장군. 내가 하나 알려 줄 게 있소. 현재 위나라에는 신참이 몇 마리 있는데, 그중 하나가 바로 등애란 녀석이오. 그의 지략은 시발스러우며 무예 또한 시발스럽소. 이 녀석을 제압하지 않으면 앞으로 한동안 고생할 것이외다."

"등애입니까…. 잘 기억해 두겠습니다. 그럼 우두산으로 진격하도록 하죠."

그러나 그곳은 위나라 장수, 말괄량이 진태가 차지하고 있었다.

"님들, ㅋ 각오하셈!"

강유의 군사들보다 높은 지형에 있었던 진태군은 순식간에 촉군을 향해 진격하였고, 강유의 군사들은 신나게 쳐발렸다. 강유는 이런 전개가 된 것이 이해가 안 된다는 듯, 곧바로 진태에게 일기토를 신청하였다. 진태가 강유에게 먼저 소리쳤다.

"님, ㅋㅋ 나 이길 수 있음? 덤비셈. ㅋㅋㅋㅋㅋ"

"만만치 않은 인재인 것 같군요. 내가 위나라 장수일 적에는 그대 같은 장수는 없었습니다. 이름이라도 알려 주실 수 있겠습니까?"

"위나라 공신 진군의 아들 진태임. ㅋㅋㅋㅋ 덤비라니깐? 무섭
냐? ㅋㅋㅋ"

"으으, 갑니다! 진태 님!"

"넹. ㅋ"

강유는 진태와 몇 번 부딪혔으나 도무지 승부가 나질 않았다. 상
황이 촉에게 불리하게 돌아감을 인지한 강유는 양평관까지 총퇴
각을 하였다. 이런 와중에, 위나라의 에이스 장합은 진태와 의견을
나누었다. 장합이 말했다.

"촉나라 군사들은 양평관까지 도망갈 모양인 듯합니다. 진태 님
은 어떻게 하시겠습니까?"

"어어, 님부터 가 보실래여? ㅋㅋㅋ"

"좋습니다. 진태 님은 장안으로 가셔도 좋습니다."

그러나 장합이 모르는 게 한 가지 있었다. 바로 촉나라에 연노란
무기가 생겼다는 사실을…. 양평관까지 후퇴한 강유 일행은 성벽
위에 연노를 다량 배치했고, 연노는 발사할 때마다 장합군을 상당
수 전사시켰다. 장합은 매우 놀랐다.

"아니, 시발! 이게 뭐냐, 상황이 참 깜놀하구나!"

"장합이여, 내 창을 받아라!"

"응? 넌…."

연노로 위나라 군사들의 사기를 크게 저하시킨 강유는 성문 바깥
으로 출격하였다. 일기토를 하자는 뜻이었다. 이때 당시 장합은 나

이를 먹을 만큼 먹어서 노인정을 드나들던 시절이라 강유를 이길 수가 없었다. 장합은 강유의 1합에 사망하였다. 강유는 양평관에 장수들을 집결시켰다.

"여러분, 앞으로도 이렇게 패전하면 뒤질 각오를 하셔야겠습니다. 다행히 장합이라도 죽여서 망정이지….."

그때, 촉나라의 근거지인 성도에서 온 칙사가 양평관으로 당도했다. 그는 바로 초주였다. 강유는 예의를 차렸고, 초주가 의기양양하게 전했다.

"태위 마량 님으로부터 전갈이오! 지금 당장 군사를 물러 주시오."
"아, 아니….. 마량 님께서 그렇게 명하셨다고?"
"그렇소이다."
"그게 정말인가?"
"그렇소이다."
"도대체 이유가 무엇인가?"
"거기까지는 보고를 받지 못했소이다."
"아, ㅅㅂ….. 이를 어쩌지?"
"지금 나한테 'ㅅㅂ'이라고 하셨소이까?"
"아, 아닙니다. 우선 저 혼자라도 가서 폐하를 뵙고 싶군요. 그래도 되겠습니까?"
"전혀 문제없소."
"자, 그럼 갑시다."
강유는 하후패에게 한중을 맡기고 자신은 초주와 함께 성도로 이동하였다. 황궁에 들른 강유는 유선에게 고했다.

"유선 폐하님? 저 강유는 분명히 위나라를 상대로 열심히 싸워 왔습니다만, 이제 와서 군을 물리라니, 도대체 왜 이러십니까? 태위 마량 님보다도 관직이 높으시니 해명 좀 해 주시지요?"

"어버버버버버버…. 아, 아니오. 강유 장군, 우선 저택에 들러 편히 쉬시오. 내가 마량과 얘기를 나눠 보겠소. 일이 생기면 다시 부르겠소."

강유는 허탈감이 들었으나 어쩔 수 없이 명을 따랐다. 그는 오랜만에 자신의 저택에 들렀는데, 그곳에는 놀라운 인재가 있었다. 그의 이름은 비위였다. 그는 장완이 죽자 사공이 되어 권력을 갖게 된 자였다. 강유는 비위에게 저택에 온 까닭을 물어보니, 이렇게 말하는 것이 아닌가.

"강유 장군님은 지금 촉나라가 어떻게 돌아가는지 알고는 계십니까?"

"도대체 무슨 일입니까? 비위 님."

"태위 마량 님과 마속 님이 국정을 전혀 돌보지 않고 워크래프트만 하고 지내니 백성들은 먹을 게 없어 굶어 죽고, 유선 폐하는 매일 여자들과 관계를 맺으며 놀고만 있으니, 촉나라는 망한 지 오래되었습니다. 강유 장군님은 이 사실을 모르셨나 보군요."

"헐…. 제갈무후께서 돌아가신 뒤로 북벌만 생각하고 있었는데, 좀 놀랍네요. 그래서 그런데…."

"네?"

"비위 님은 사공이 아니십니까? 혼자 힘으로 못 하십니까?"

"….."

"어떠십니까?"

"내가 강유 장군님을 잘못 본 듯하오. 이만 물러가겠소."

뭘 잘못했는지 짐작도 안 가는 강유였다. 비위가 물러나고 그는 곰곰이 생각해 보더니, 아무래도 자신이 황궁 식구들을 좀 긴장시켜야 할 것 같았다. 황궁에 들어가 보니, 정말 비위의 말대로 유선이 여자들을 껴안고 놀고 있었다. 이런 시발놈 같으니….

"야 이 개 같은 것들아! 나 강유 백약이 그대들을 토벌하고 폐하를 살리겠다! 유선 폐하님, 잠깐이면 됩니다. 눈 좀 가리고 계십시오!"

강유의 빡침에 깜짝 놀란 유선이 한쪽 팔로 자기 눈을 가리자 1분도 안 되어 황궁은 피바다가 되어 있었다.

"아니, 슈바!"

뒤늦게 황궁에 들른 비위가 자신의 눈앞에서 벌어진 광경을 보고 진짜 레알 깜놀했다. 유선은 다리가 풀렸는지 바닥에 쓰러졌고, 그는 강유에게 살려 달라고 고했다. 이때, 강유가 말했다.

"앞으로 국정을 이딴 식으로 운영한다면 제가 유선 폐하를 죽여버리겠습니다! 실례합니다."

강유는 피바다가 된 궁전을 빠져나갔다.

"누, 누가 저 녀석을 죽여라!"

무서움에 떨던 유선이 강유를 죽일 사람을 찾기 시작했고,

"엇. ㅋㅋㅋㅋㅋㅋㅋ 유선 폐하, 여기 왜 이렇죠?"

갑자기 한 인재가 방문하더니 우스운 듯 말했다.

"오오, 황호가 아닌가?"
"누가 이런 짓을 했습니까? 설마 강유 그 녀석입니까?"
"으으, 그렇소. 황호여, 그대가 강유를 죽여 주길 바라오! 그놈은 정말 미친 존재요. 갑자기 황궁 식구들을 죽여 버리다니…. 난 도저히 용서할 수 없소!"
"흐흐, 알겠습니다, 유선 폐하. 저는 이런 일이 벌어질 줄 알고 평상시에 명상을 거듭했고, 마침내 불마법을 터득했습니다. 강유가 저를 이길 수 있을 것 같습니까? 저를 믿고 맡겨 주십시오."
"ㅇㅋ 맡기겠소!"

이윽고 황호는 황궁을 나와 강유가 거처하는 저택에 방문했다. 다만 그곳에는 강유가 존재하지 않았다. 그는 성도 민중에게 수소문을 하였고, 강유가 한중으로 돌아갔다는 사실을 알게 되었다.

"자, 슬슬 죽이고 죽여 볼까…."

황호는 채비를 마치고 한중으로 향했다.

제 19 장
강유 북벌전 2

촉나라의 환관 황호는 성도에서 100m를 9초대로 달려 마침내 한 중성에 입성하려 하였으나, 성문을 지키고 있던 문지기 병사 2명이 그를 가로막았다. 그중 하나가 황호에게 말했다.

"잠깐 멈추십시오. 신분증을 갖고 계신다면 필히 보여 주시길 바랍니다."
"받아라, 파이어 볼트!"
"?"

황호가 정말이지 정체 모를 마법을 구사하자, 그의 손바닥에선 축구공과 흡사한 구체가 생기더니 문지기 2명을 순식간에 제압하였다.

"5대기 비상, 5대기 비상!"

그때, 경비소에서 단체로 이 광경을 목격한 병사들은 진돗개 하나를 발령하였고 수많은 촉나라 병사, 거의 100명에 가까운 사람이 튀어나와 황호를 감쌌다. 이에 황호는 썩소를 지으며 말했다.

"다 덤벼, 개자식들아! 100:1도 대환영이다!"

10분 후, 나관중 작가님이 쓴 『삼국지연의』와는 다르게 엄청난 마법 버프를 먹은 황호는 병사들을 순식간에 처치하였고, 이윽고 한중성 회의장에 입장했다. 마침 그곳에서는 강유와 하후패, 요화가 북벌과 관련하여 열심히 토론 중이었는데, 황호가 들어서자 이를 알아본 쩌리 요화가 그에게 물었다.

"아니, 환관 황호가 아닌가? 여긴 어쩐 일이오?"
"음? 황호가 누구요?"

항상 북벌하러 한중성에서만 머무른 강유였기에 황호가 누군지 모를 만도 하였다. 이에 요화가 자세히 설명에 들어갔다.

"저자는 황호라고 하며 환관입니다. 그는 10년 전부터 유선 폐하를 정성껏 모시고 있습니다. 출신은 환관이지만 무림의 고수이기도 합니다. 왜냐하면 그는 불 마법을 쓸 줄 알고 있으니까요. 우리가 흔히 아는 황호와는 다르다는 얘기입니다."

그때였다. 황호가 강유 일행에게 큰소리를 치는 것이 아닌가.

"다 뒤져라! 전력으로 간다!"

황호가 강유를 향해 또다시 구체를 발사하려 들었고, 이에 위험을 감지한 강유였으나 너무나도 갑작스러워 피할 생각을 하지 못했다. 그러나 좀 더 반응이 빨랐던 노장 요화가 재빨리 달려가 강유를 밀어냈고 스스로 맞아 버렸다. 크리티컬을 맞은 요화는 누워 버렸고, 그는 죽기 전에 대사를 남겼다.

"가, 강유 장군…. 어, 얼른… 도망… 치시오….”
"아, 아니. 요화 님! 여기서 죽어 버리면 아니 됩니다!”
"강유… 장… 군님…. 사랑했…. 크억….”

ㅋㅋㅋㅋㅋㅋㅋㅋ 뭐 하여튼 요화의 희생정신으로 인해 살아남은 강유는 개빡돌았고, 그는 황호에게 검 끝을 향했다.

"황호라고 했습니까? 나 강유 백약. 당신을 토벌하겠습니다! 하후패 장군, 협조해 주시길 바랍니다!”
"맡겨 주시오!”

아무리 이 책 작가에게 버프를 먹은 황호라지만 2:1은 솔직히 좀 무리였다. 그는 하후패의 검을 쏜살같이 피하다가 결국 강유의 뒤치기에 목숨을 잃고 말았다. 강유는 헐떡거리며 말했다.

"감히 요화 장군을 죽이다니…. 황호, 아마 당신의 제사를 지낼 사람은 없을 것입니다! 지옥으로 떨어지시지요!”

촉나라를 이끌 인재들이 죄다 워크래프트를 하고 있으니, 이것은 보통 문제가 아니었다. 강유는 하후패와 쩌리들에게 한중을 맡기고 또다시 성도로 귀환하였다. 강유가 찾는 이는 유선이 아닌 마량과 마속이었다. 그들은 PC방에 가야만 만날 수 있었다.

"저기, 님들? 이렇게 노셔도 되겠습니까?”

마침 워크래프트 2:2 팀플을 하고 있었던 두 사람은 조용히 다가

온 강유의 물음에 깜놀했다. 그런데 더 놀라운 것은 태위 마량의 생각 없는 소리였다. 그는 라면을 후후 불어 먹으며 말했다.

"강유 장군, 어차피 제갈 형이 죽고 없는 이상 촉나라는 위나라를 이길 수 없소. 적당히 싸우다 GG 치면 된다는 소리요."
"이거, 알고 보니 저만 북벌에 관심이 있나 보군요? 실망했습니다, 태위 마량 님…. 마속 님도 마찬가지의 입장이신가요?"
"우리가 항복한다면 그들도 우리를 요긴하게 사용할 것입니다. ㅎㅎ 강유 장군님, 『삼국지연의』 안 읽어 보셨습니까? 조만간 촉은 망할 것입니다."
"와, 뒤통수 맞는 소리군요. 잘 알겠습니다."

마씨 집안사람들의 말에 어이없음을 표하던 강유는 결국 한중으로 돌아갔다. 그런데 그는 일행과 함께 북벌에 관해 토론을 벌이던 도중, 신나게 울었다. 제장이 강유에게 이유를 물으니, 이렇게 대답하는 것이 아닌가.
"흑흑, 나는 제갈무후로부터 촉나라의 후사를 이어 맡았소. 하오나 나는 유지를 이어 나가기에 너무나도 자신이 없구려! 내부는 썩어 들어가고 있고, 외부는 강적들뿐이니 답이 없지 않소?"

이에 하후패가 그를 다독이며 말했다.

"너무 걱정 마십시오. 포기는 배추 셀 때 쓰는 말입니다."
"당신은 번뜩이는 계책이라도 있습니까? 포기를 하지 말라니요?"
"예, 있습니다. 바로 철롱산으로 가는 겁니다."
"하후패 님, 철롱산에 무슨 꿀이라도 발랐습니까?"

"듣자 하니 사마의의 아들인 사마소가 우리 촉을 감시하기 위해 철롱산에 진을 치고 있다고 합니다. 그리고 2인자 곽회는 철롱산에서 멀지 않은 곳에 위치해 있습니다. 사마소를 치는 척을 하면 필시 곽회가 지원을 올 텐데, 이때 곽회를 죽이면 됩니다. 그는 촉나라를 상대로 경험이 많은 자인지라, 이 인물만 제거한다면 앞길은 순탄할 것입니다."

"하후패, 귀공의 지략은 굉장한 수준이라 할 수 있습니다. 얼른 작전에 착수합시다."

촉나라는 강유와 하후패를 필두로 하고 쩌리들이 뒤따라가는 포지션으로 서둘러 철롱산으로 향했다. 때는 밤중, 철롱산 정상에서는 과연 사마소의 군사들이 진을 치는 중이었는데, 이때 강유가 이곳을 습격하려는 척 촉나라 병사들에게 단체로 함성을 지르게 하였다. 이에 사마소는 겁부터 먹었다.

"아, 시발! 역시 여기에다 진을 치는 건 좀 아니었어! 진태! 불화살을 하늘 위로 쏴서 곽회에게 현재 우리가 위험하다는 걸 알려라!"

"넹. ㅋ"

이때, 사마소와 동행하던 진태가 자신 있게 손을 들더니 자신의 활 솜씨를 뽐냈다. 쏘아 올린 불화살은 나름 먼 데 있었던 곽회에게도 보일 정도로 높이 날았다. 곽회가 말했다.

"저건 구원 요청 신호다! 등애, 나랑 같이 철롱산으로 도우러 가자!"

"예, 알겠습니다!"

한편, 곽회군의 야간 행군 발소리는 촉나라 군사들에게 다 들렸다. 미리 매복을 지시했던 강유는 곽회군이 가까워지고 있을 때 큰 목소리로 외쳤다.

"자, 여러분! 진격해 주십시오! 아, 그리고 하후패 님?"
"맡겨 주시오."

하후패는 서둘러 일군을 이끌어 진격하였고, 위나라는 큰 혼란을 일으켰다. 이윽고 그는 곽회가 있는 곳까지 도달하였다. 곽회가 소리쳤다.

"아니, 넌 저번에 만났던 하후패가 아닌가? 촉나라에서 배부르게 대접해 주더냐?"
"너야말로 사마씨 편이 되어 놓고서 위나라의 충신인 척하는 거 개쩌는구나!"
"으으, 너 나랑 한판 싸워 보자!"
"좋아, 덤벼라!"

곽회가 역전의 용장, 거기에다 2인자이긴 하나 그는 무장이라고 보긴 어려웠다. 하후패의 자비 없는 일격에 목을 내주고 말았다.

"적장 곽회는 이 하후패가 죽였다! 이제 무쌍을 찍어 주마!"
"하후패! 지금은 물러서시오!"
"음?"

이때, 뒤편에서 강유가 큰 소리로 하후패에게 신호를 주었다. 왜 물러서라고 했냐면, 철룡산 정상에서 포위를 당하고 있었던 사마소군이 상황을 인지하여 진태를 앞세워 산 아래로 진격해 왔기 때문이다. 게다가 곽회의 부장이었던 등애도 만만치 않은 용병술을 벌이며 촉군을 짓밟고 있는 상황이었다.

"ㅅㅂ"

강유는 짧은 욕설과 함께 하후패를 데리고 전장을 이탈하였다.

제 20 장
강유 북벌전 3

    강유와 하후패는 소규모의 군사를 이끌고 철롱산에서 빠져나왔다. 워낙 난전이라 촉나라의 세력 규모는 엄청나게 줄어들었던 것이다. 그들은 한중으로 돌아가려던 도중 추격해 오는 사마사의 군사들을 막아 낼 힘이 없었다. 이제 모든 게 끝인가 싶었는데, 그때였다.

    "강유 장군님! 하후패 장군님! 먼저 도망치십시오. 이 장억, 목숨을 바쳐서라도 님들을 지키겠습니다!"

    그렇다. 장억은 쩌리이긴 했지만 그래도 전투 경험은 풍부하였다. 목숨을 던져야 할 순간 정도는 인지하고 있는 것이다. 강유는 눈물을 흘리며 당부했다.

    "아, 장억이여. 그대의 무공은 후대에 기록될 것이오! 웬만하면 살아남으시오!"
"네, 잘 알겠습니다!"

    이로써 장억은 말을 돌려 사마사에게 돌진하였고, 강유 일행은 뒤늦게 지원을 온 관색과 함께 한중으로 귀환하였다. 다음 날, 신문을 보니 장억이 철롱산에서 전사했다는 기사가 실려 있었고 시체는 회수하지 못했으나 강유 일행은 그의 장례를 치렀다. 이때, 관색이 강유에게 고했다.

"이런 쉬벌⋯. 강유 장군님, 위나라 토벌은 반드시 저에게 맡겨
주십시오. 제가 기필코 그 사마씨 새끼들을 발라 버리겠습니다!"
"하지만 우리는 많은 병사를 잃었소. 이제 와서 어떻게 친다는 것
이오?"
"걱정 마십쇼. 혼자 갈 겁니다."
"?"
"강유 장군님, 그동안 즐거웠습니다. 이랴!"

설마 님 화랑임? ㅋㅋ 하여튼 관색은 말을 몰아 위나라를 향해
단기로 돌진하였다. 이때 위나라 군사들은 죄다 장안으로 모였다.
2인자 곽회를 잃긴 했지만 그래도 촉나라를 상대로 승리하긴 했으
므로 대잔치를 벌이고 있었는데, 장안성 바깥까지 당도한 관색이
크게 외쳤다.

"야 이 상노무 시키야! 내가 바로 관우 아버님의 아들, 관색이다!
너희에게 볼일이 있으니 얼른 채비하고 나와라. 여자 빼고 다 덤벼
도 좋다!"

마침 경비를 서고 있던 등애, 그는 사마씨와 같이 상관들에게 보
고할 것도 없이 스스로 처리하기로 마음먹었다. 병사를 시켜 말을
대령한 등애는 장안성 바깥으로 나와 일기토를 권유하였으며, 관색
도 ㅇㅋ 사인을 보냈다. 관우의 아들이라고는 하지만 사실 관색은
저번에도 말했듯이 가상 장수였다. 그는 요새 잘나가는 등애를 상
대로 이길 수가 없었다. 10합을 다 채우지 못한 채 목을 내주었다.

"이 등애 사재, 관우 아들을 죽였다!"

다음 날, 또다시 신문을 구독한 강유는 관색이 신참 등애에게 뒤졌음을 알았다. 그는 개빡돌았다.

  "정말 되는 게 하나도 없구나! 이대로라면 촉나라가 망하는 것도 시간문제다! 응? 누구시오?"

  이때, 강유는 자신이 거처하는 막사 안으로 들어온 배가 불룩 나온 한 남자를 보더니 그렇게 물었다. 그는 친절하게도 인사부터 했다.

  "안녕하세요?"
  "님은 대체 누구시오?"
  "흐흐, 저는 마막이라 합니다. 만나서 반갑습니다."
  "보아하니 촉나라 장수는 아닌 듯합니다만, 어떻게 여길 찾아오셨으며 용무는 무엇입니까?"
  "도와드리러 왔습니다. 강유 장군께서는 촉나라의 일이 잘 안 풀려 매우 고심하고 계시는 듯합니다만, 맞습니까?"
  "아아, 그렇습니다. 저번 싸움에서 절반 이상의 병사를 잃어버렸으니, 정말 큰일입니다."
  "솔직히 말씀드리자면 제가 타로를 볼 줄 아는데, 여황제, 왕, 월드, 매지션 카드가 나왔습니다. 너무 걱정할 것 없다고 하는군요? 모든 게 순탄하게 풀릴 것입니다."
  "그거 믿을 만한 정보입니까? 카드가 뭐가 나오느냐에 따라 너무 달라질 것 같은데?"
  "지금 타로를 무시하는 겁니까?"
  "뭐 어쨌든, 잘 알았습니다. 마음이 슬쩍 놓이는군요."

"도움이 된 것 같아 다행입니다. 그럼 실례하겠습니다."

실은 이 마막이란 자는 위나라의 녹을 먹는 이였다. 모든 것이 사마사의 계략, 마막은 강유를 안심시키고는 낙양성으로 귀환하였고, 사마사는 마막에게 포상을 내렸다.

"다들 노는 분위기인데, 나도 그냥 놀까?"

한편, 강유는 마씨 형제들도 그렇고, 타로도 그렇고, 자기만 촉나라의 장래를 걱정하는 게 아닌가 싶었다. 룸살롱이나 가야 되나 하며 장익, 마충, 왕평, 하후패에게 한중을 맡기고 성도로 돌아갔다. 이건 마치 될 대로 되라 같은 느낌이다. 하여간, 이 당시에 위나라의 조모, 정확히는 사마소에게 임관을 요청하려는 인재가 하나 있었다. 바로 위나라의 공신 종요의 아들 종회였다. 그는 유소년 때부터 엄청난 재능이 있다는 평가를 받았던 종회, 자는 사계였다. 천재라 함은 이 인재를 두고 하는 말이었다. 종회가 임관할 당시, 사마소는 종회에게 천하에 대해 물었다.

"종회, 그대는 이 천하에 대해 어떻게 생각하는가?"
"위나라도 촉나라도 오나라도 모조리 멸망할 것입니다."
"아니, 그게 무슨 소리요? 설마 이 중국 전토에 또 다른 세력이 등장한다는 말이오?"
"그것은 바로 사마씨의 시대란 소리입니다."
"헐! ㅋㅋㅋㅋ"
"농담으로 하는 소리는 아닙니다만…."
"나는 농담으로 여기지 않았소. 다만 그대는 정말 위험한 존재로군. 우리 사마씨의 야망을 꿰뚫어 보고 있으니 말이오!"

이때부터 사마소는 종회를 곁에 두었으며, 중히 다뤘다. 천재 종회는 각을 재다가 이런 말을 남기기도 하였다.

"오나라의 손권은 이미 죽은 지 오래고 형주를 통솔하던 육손마저도 세상을 떠났습니다. 오나라는 비어 있는 땅이나 다름없으며 우리 위를 칠 여력도 없습니다. 촉나라는 험준한 지형에 의지하여 버티고 있으나 위에서부터 썩어 들어가고 있어 먼저 노리는 것이 좋겠습니다."

"아니, 종회, 진지한 것이 그렇게 나쁜 건 아닌데 이 소설 이름은 『코믹 삼국지 2』요. 좀 웃겨 가면서 말해 주시지?"

"저는 천재입니다. 천재가 개그맨입니까? 하여튼 얼른 촉을 토벌하는 것이 좋겠습니다."

"이거 원, 내 말은 들리지도 않는가 보군."

"먼저 사마사 님을 시켜서 등애 장군, 진태 장군과 함께 천수성에서 남하하도록 명하시고 우리는 장안에서 그대로 양평관까지 진격을 합시다. 촉나라는 이거 절대 못 막습니다."

"ㅅㅂ ㅋㅋㅋㅋㅋㅋㅋㅋㅋㅋ 안 웃긴 말들뿐인데 웃음이 나오는군."

위나라는 물량 공세를 준비, 사마사의 일행 중에서는 등애가, 사마소의 일행 중에서는 종회가 선봉이 되어 함께 움직였다. 이 소식을 뒤늦게 접한 성도의 강유는 당장 PC방에서 나왔다. 그는 황궁에 가서 유선에게 내용을 전달했다.

"유선 황제님, 한시가 급합니다. 저는 얼른 한중을 지키러 가 보겠습니다."

"그러시게나, 반드시 한중을 지켜 주길 바라오. 아, 그런데 강유 장군."

"네?"

"혹시 황호가 한중에 있던 그대에게 가지 않았소? 아무런 소식이 없으니 걱정되는구려."

"제가 죽였습니다."

"혈, 정말이오?"

"불만 있습니까?"

"아, 아니오. 어버버버버…."

강유는 황궁을 나와 말을 타고 한중으로 향했다. 강유가 없는 한 중의 군사들은 새로운 2인자인 하후패의 명령에 따랐다. 그는 막 사 내부에서 장수들에게 제각각 지시를 내렸다.

"장익 장군은 양평관을 사수해 주시오. 그대가 밀리면 매우 곤란 하오. 그리고 마충 장군은 농서로 가 주시고, 왕평 장군은 기산으 로 나아가 주시오."

한편, 강유는 쏜살같이 말을 몰아 한중에 입성, 회의장으로 들어 갔는데 아무도 없는 것을 보고 '전부 다 전장에 투입되었구나.' 하 고 생각했다. 그는 병사들에게 길을 물어 우선 양평관으로 향했다. 그런데 놀라운 점은 양평관은 이미 점령된 지 오래였다.

"네 놈이 바로 강유로구나. 이 녀석을 찾느냐? ㅋㅋㅋㅋㅋ"

양평관을 뺏은 이는 바로 진태였으며, 그가 성곽 바깥으로 던진

목 없는 시체는 틀림없이 장익이었다. 그 광경을 본 강유는 개빡돌 았으나, 어쩔 수 없는 노릇이었다. 그는 우선 한중으로 돌아가는 게 좋겠단 생각을 하고 있었는데, 저 멀리서 촉의 패잔병들이 후퇴하는 모습이 보였다. 강유는 그들에게 다가가서 한 번 더 물었다.

"그대들은 어디 병사인가? 꼴이 말이 아니로구나!"
"저희는 기산을 지키던 왕평 장군님의 부장들입니다. 왕평 장군님은 저희를 살려 주시다가 그만 치명상을…. 흑흑…."
"아니, 그게 정말인가?"

쩌리 중 하나인 왕평마저 전사했음을 인지한 강유였다. 한중에 도달하니, 농서를 지키던 마충이 이미 한중으로 돌아와 있었다. 마충은 울며 강유에게 말했다.

"시발 그 등애란 새끼가 우릴 역관광시켰습니다! 우리는 분했지만 상황이 상황인지라 한중으로 후퇴할 수밖에 없었습니다!"
"으으, 역시나 타로를 믿는 게 아니었는데! 여러분, 여기 한중성은 지키기에 적합하지 않습니다. 우선 모두 천연의 요새, 검각으로 이동하도록 하죠. 거기라면 위나라와 싸울 만할 것입니다."

슬슬 검각으로 도망칠 채비를 갖추고 이동하고 있었는데, 저 멀리서 선봉 종회의 군사들이 당도하였다.

제 21 장
강유 북벌전 4

종회란 이름을 어느 정도는 인지하고 있었던 강유였다.

"이럴 수가! 다들 얼른 검각으로 후퇴하십시오! 자칫하면 모조리 쓸릴 것입니다! 부탁드립니다!"

하지만 종회의 군사들은 사기가 충천한 상태라 이동 속도가 장난 아니게 빨랐다. 이러다간 검각에 들어가지도 못하고 전멸할 것이다. 곁에 있던 마충이 강유에게 고했다.

"강유 장군님, 저는 여기서 작별할까 합니다. 누군가의 희생 없이는 절대 촉군이 검각 안으로 들어가지 못할 것 같습니다."
"하지만 마충 장군….."
"그대를 상관으로 둬서 행복했습니다. 그럼 가 보도록 하겠습니다."

이거 『코믹 삼국지 2』 맞아? 하여튼 마충은 말을 돌려 종회군에게 돌격했고, 결국 그는 다구리를 맞아 숨졌다. 물량엔 장사가 없는 것이다. 그런데 저 멀리서 한 장수의 메아리가 들렸다. 그것은 바로 하후패의 목소리였다.

"강유 장군! 날 빼놓고 검각으로 후퇴하시면 어떡합니까! 이 하후패, 요격을 나갔다가 문득 검각 쪽이 걱정되어 서둘러 귀환했습니다!"

"앗, 죄송합니다! 제가 그대를 깜빡 잊고 있었군요."

"우선 우리 사이에 있는 종회군부터 물리칩시다. 마침 협공하기 딱 좋게 되었군요?"

하후패의 말이 맞았다. 강유 또한 하후패의 말을 들어 보니 지금은 검각에 들어가기보다 먼저 종회군을 섬멸시키는 게 좋겠단 생각이 들었다. 하후패가 후방에 있었다는 것을 뒤늦게 안 종회는 후퇴 명령을 내렸으나, 워낙 급박한 상황이라 많은 위군이 압살을 당했다. 천재 종회도 여기까진가 싶었으나 사마사군이 전장에 도래했다. 하후패군마저 포위를 당한 것이다. 선봉 등애와 진태가 곧장 하후패를 맞이하였다. 하후패는 울부짖었다.

"시발! 나도 여기까진가, 으아아아아!"

둘을 맞이한 하후패는 결국 전사하였고, 강유군은 또다시 검각 안으로 후퇴하였다. 재회한 사마사와 사마소 일행은 검각에서 5리 바깥에 진을 쳤고, 어떻게 하면 난공불락의 요새 검각을 뚫을 수 있을까 의논을 하던 도중, 문제가 하나 생겼다.

"으악! 너무 아프다!"

사마사는 얼굴에 혹이 생겨 사망하였다. 결국 사마소가 전권을 위임받았다.

"사마소 님, 제게 계책이 있습니다. 저를 써 주십시오!"

의논하다가 갑자기 깜놀하게 등애가 우렁찬 소리로 자신감을 표출하였다. 사마소는 그에게 어떤 계책이 있는지 물어보았다.

"우선 이 검각은 너무 협소하여 뚫으려면 뚫어뻥이 필요합니다. 하지만 굳이 정면으로 갈 필요는 없다고 봅니다. 저기랑 저기를 봐 주십시오. 절벽을 타고 올라가서 검각을 무시하고 성도로 진격한다면…. 강유는 이도 저도 못 할 것이 분명하고, 촉의 수도인 성도에는 쩌리들뿐이라 쉽게 항복을 받아 낼 수 있을 것입니다. 어떻습니까? ㅎㅎ"
"그대의 계략에는 당해 내지 못하겠구려. 좋소. 어디 한번 해 보시오!"

워낙 부정적인 성격의 사마소였으나 등애의 뻥 뚫리는 계책을 들으니 그는 긍정적인 사마소로 돌아섰다. 등애는 진태와 더불어 500명의 정예병과 함께 절벽을 타기 시작했다. 어떤 곳은 사다리를 놓고, 어느 곳은 다리를 놓고, 어느 곳은 깎아 내리면서 에베레스트산 등산하듯 하였다. 물론 이 작업을 하는 데에는 커다란 문제가 있었다. 50명가량의 병사가 작업을 하다가 바닥으로 추락하여 죽은 것이다. 그리고 너무 가파른 절벽이 그들을 환영하니, 더는 불가능한 게 아닌가 싶은 위군과 등애는 함께 울었다. 하지만 진태만큼은 그들과는 달랐다.

"어이 친구들! 우린 아직 끝난 게 아니라구! ㅋㅋㅋㅋㅋㅋㅋ 분명 위로 가긴 어렵겠지. 하지만 사다리를 아래로 놓아 아래로 다시 내려간 뒤에 다른 루트로 이동한다면 정상으로 갈 수 있다고 봐! 힘내자! 우리는 할 수 있어!"

한편, 검각의 정상을 지키고 있던 이는 동궐이라는 들어 본 적도 없는 쩌리였는데, 그곳에 개고생한 등애군이 당도하니 그는 한 번도 제대로 싸우지 않고 항복하기에 이르렀다. 등애가 동궐에게 명령하듯 말했다.

"동궐, 군마는 얼마나 있는가?"
"500에서 1,000마리 정도는 됩니다. 등애 장군님, 시키는 대로 할 테니 제발 살려 주십쇼!"
"흠, 적당하군. 제장이여, 잘 들으시오! 우리는 이제 성도로 진격할 것이오!"

황호가 살아 있었으면 이걸 막을 수 있었을까? 등애군은 질풍노도와 같이 진격하여 부수관과 낙성을 점령, 성도를 코앞에 두었다. 촉나라는 비상시였다. 한창 PC방에서 디아블로 2를 하면서 앵벌이를 뛰던 마씨 일행, 마량과 마속은 사태가 이렇게 되어 가고 있는데 황궁으로 복귀하지 않았고, 궁전으로 모인 초주와 비위는 시끄럽게 다투었다. 먼저 초주가 말했다.

"우리 그냥 항복합시다. 솔직히 우리는 위나라한테는 국력 자체가 쨉이 안 되지 않습니까? 전방에서 싸우는 강유 장군도 그것을 인지하고 있을 겁니다."
"닥치시오, 초주! 우리 성도에는 아직 5천의 병사가 남아 있소. 끝까지 싸워 보고 포기하는 것이 이치에 맞는 것 아니오?"

"사공 주제에 머리는 텅 비어 있군요. 이 초주, 실망했습니다."
"머리가 비었다고? 너 뒤질래?"

이때, 비위는 단검을 비밀리에 소지하고 있었다. 그는 단검을 꺼내 들어 초주를 위협하였다.
"너 뒤지고 싶냐?"
"허허, 단검 가지고 날 이길 수 있겠소? 마검이여, 나와라!"

그때, 초주의 손에는 정말로 검 하나가 떡하니 등장했다. 비위가 깜짝 놀라며 소리쳤다.

"네 이놈, 대체 작가에게 돈을 얼마나 준 거냐!? 무슨 『삼국지』시대에 마검이야?"
"흐흐, 죽을 준비나 하시지요."

아니, ㅋㅋㅋㅋ 그냥 그 마검으로 위나라랑 싸우면 안 돼? 뭐 하여튼, 초주의 마검은 빛을 발하였고 비위는 순식간에 암살당했다. 초주는 유선에게 말했다.

"항복할래, 안 할래?"
"하, 하겠소! 어버버버버···."

성도 성곽에는 백기가 보였다. 등애군에게 항복하겠단 소리다. 한편, 검각에서 연노를 활용하여 외롭고 치열하게 싸우던 강유는 뒤편에서 사자(동물 아님)가 당도한 것을 보았다. 성도 쪽에서 왔으니 유선의 전갈(곤충 아님)이겠구나 싶어 그를 맞이하였다. 사자는 강유에게 말했다.

"우리 촉나라는 위나라에 항복을 선언하였소. 강유 장군도 이제
포기하고 위나라에 항복하시길 바라오."
"뭐라고요? 그게 지금 말이 됩니까? 내가 지금 촉병들과 같이 이
검각을 지키고 있잖습니까? 왜 항복을 하시는 것인가요?"
"등애 장군이 절벽을 타고 올라가 길을 우회하여 성도로 진격해
왔소. 여하튼 항복해 주시길 바라오. 이걸 어긴다면 그대는 반역자
가 된단 말입니다."
"하아….."

강유는 망설이고 있는데, 부관들이 신나게 울더니 강유에게 말했
다.

"강유 장군님, 이제 와서 항복한다면 우리는 도대체 어떻게 되는
겁니까?"
"저 같은 경우엔 위랑 싸우다 형과 동생을 둘이나 잃었습니다. 항
복하면 억울하지 않겠습니까?"
"우리는 최선을 다해 싸워 왔고, 아직 결판은 나지 않았습니다!"
"이제 조금입니다, 강유 장군님! 이 검각만 지키면 어떻게든 될
것입니다!"
"강유 장군님! 제발!"
"강유 장군님! 부디!"

강유는 장고에 빠졌다. 솔직히 열심히 싸워 봤자 남는 게 무엇일
까. 사자의 말대로 전방에 있는 사마소군을 상대로 싸우다간 배신

자 소리를 들을 게 뻔했다. 게다가 등애군까지 검각으로 돌아오면 양쪽으로 쌈 싸 먹힐 가능성이 있었다. 강유는 사마소의 진영으로 홀로 움직였다.

"촉의 강유, 사마소 님에게 항복을 선언합니다."
"오, 강유 장군. 그대의 무예에는 매우 감탄했소. 적으로 두기 아깝소이다. 나는 자네를 종회 장군과 함께 부관으로 둘 생각이오. 동행하시겠소?"
"그저 받들어 모시겠습니다."
"하하하, 진심으로 환영하오. 강유 장군."

유비가 세운 촉나라는 제갈량과 강유에 이어 북벌을 수차례 감행하였으나 결국 위나라에 땅을 모두 빼앗기는 수모를 겪게 되었다. 이제 남은 것은 오나라뿐, 사마소 일행과 촉나라 공신들은 모두 낙양성으로 이동하였다. 촉이 멸망하는 데 큰 공을 세운 사마소는 진공이란 지위에 올랐다. 낙양 회의장에서 잔치를 열었는데, 강유를 포함한 촉나라 장수들과 더불어 유선은 잔치에 참석했다. 촉을 대표하는 가곡이 라디오를 통해 흘러나오고 있었는데, 이때 사마소가 유선에게 드립을 쳤다.

"어떻습니까, 촉이 그립지는 않습니까?"

이때 유선의 답변이 심히 대박이었다.

"아아, 아닙니다. 촉이 전혀 생각나지 않는군요!"

그때, 강유가 잠깐 일어나더니 유선을 이끌고 화장실로 갔다. 강유는 유선에게 조언을 하였다.

"유선 폐하, 사마소가 그렇게 말할 때는 그립다고 하시면서 눈물을 흘리셔야 합니다. 혹시라도 사마소가 다시 묻는다면 그렇게 답변해 주십시오."
"아아, 미안하오. 내가 잘못했소."

강유와 유선은 다시 회의장으로 돌아와 제자리에 앉았고, 사마소가 썩소를 지으며 유선에게 다시 말했다.

"유선, 다시 묻도록 하죠. 촉이 그립지는 않습니까?"
"그, 그, 그립죠. 그립습니다! 흐흐흑….."
"그 대사, 강유가 하라고 시켰겠죠?"
"엥? 어떻게 아셨습니까? 맞습니다."
"하하하하하하하하!"

워낙 우스운 사건이라 사마소는 실컷 웃어 재꼈다. 유선은 너무나도 부끄러워 어찌할 줄 몰랐다.

제 22 장
오나라 토벌전

한편, 낙양성으로 이동하여 위 황제 조모로부터 관직을 하사받았
으나 궁전에 출석은커녕 PC방에 들러 스타크래프트 2를 하는 이
들이 있었다. 바로 마량과 마속 형제였다. 촉나라에 있었을 때도
스타크래프트 1, 워크래프트 3, 디아블로 2를 즐겨 오던 그들은 블
리자드 게임에 완전 중독된 지 오래였다. 그때였다. 진공 사마소가
수십 명의 병사와 함께 PC방에 침입했다. 그들의 목적은 전혀 일
을 하지 않는 마량과 마속의 제거였다. 마속은 어처구니없는 사태
에 말을 잇지 못했고, 마량이 사마소에게 반박했다.

"나는 스타크래프트 2를 존나 잘합니다. 진공 사마소 님, 스타크
래프트 1로 저를 이기신다면 친히 뒤지겠습니다. 어떻습니까? 구
미가 당기지 않습니까?"
"흠…."

그때 사마소가 한 가지 꾀를 생각해 냈다. 그의 얼굴은 웃음기가
가득했다.

"그럽시다. 그대를 뒤지게 만들어 주겠소. 그대와 마속 중에 누가
나와 겨루겠소?"
"신 마량, 제가 하겠습니다."
"ㅇㅋㅇㅋ"

"맵은 파이썬 괜찮습니까?"

"뭔 놈의 파이썬이오? 요새 누가 파이썬을 한단 말이오?"

"저는 목숨이 달린 게임을 하는 건데 들어주시지요?"

"아아, 그러도록 하겠소. 설마 자기가 이길 거란 생각을 하는 건 아니겠지?"

"얼른 자리나 잡으시지요. ㅎㅎ"

스타크래프트 1 게임 중반, 마량은 사마소의 앞마당에 마패 관광을 시전하였다. 승자는 마량이었고 마속은 박수를 신나게 쳐 대며 형 마량을 존경해 마지않았다. 하지만 웃긴 건 사마소였다.

"여봐라, 여기 있는 눈썹 흰 녀석과 등산 잘할 것 같은 이 녀석, 둘 다 포박해라!"

"아니 ㅅㅂ…. 진공 사마소 님, 내가 이겼잖소? 설마 우리를 죽일 셈이오?"

"닥쳐라! 그대 같은 쩌리는 내 생전에 본 적이 없다. 살아남으면 또다시 게임이나 열심히 하겠지."

"진공 사마소 님, E-Sports라고 모르십니까? 저를 기용해 주신 다면 블리자드사의 게임 대회에 참가하여 우승과 동시에 막대한 자금을 가지고 오겠습니다. 제발 윤허하여 주시옵소서!"

"윤허하여 주시옵소서!"

마량의 옆에 있던 마속도 간곡히 청하였다. 뭐 이딴 놈들이 다 있지 싶은 마음에 사마소는 이 두 인물을 죽여야 할지 말아야 할지 장고에 빠졌다. 그때였다. 누군가가 PC방에 난입하더니 사마소에게 보고하는 게 아닌가.

"사마소 님! 강유와 등애, 종회 세 명이 전부 사라졌습니다! 필시 촉나라로 이동 중인 것 같습니다!"

"뭐라고? 이런 젠장, 설마 반역을 꾀하겠다는 것인가? 여봐라, 우선 이 마씨 형제를 감옥에 처넣어라! 이 녀석들 재판은 나중에 하겠다."

"넹!"

이윽고 사마소는 총동원령을 선포했다. 물론 위나라 황제 조모에게는 아무 말도 없이 말이다. 이 당시 촉나라의 성도 궁전, 강유와 등애, 종회는 소주를 실컷 마셔 대고 있었는데 먼저 등애가 말을 꺼냈다.

"강유 장군, 종회 장군, 이게 마지막 술이 될지도 모른다고 생각되오. 그렇지 않소? ㅎㅎ 슬슬 이 술도 끊어야 할 텐데 말이오."

이에 강유가 맞장구를 쳤다.

"그대들이 나와 함께라면 정말이지 무적이 될 것입니다. 지금쯤이면 사마소가 우리의 뜻을 눈치채고 출발했을 것입니다. 다 함께 최선을 다해 막아 봅시다!"

그나저나 종회는 술기운이 도는 듯하더니 소맥을 까고 있는 두 사람에게 말했다.

"나, 잠시만 바람 쐬고 오겠습니다."

성도 궁전에서 나와 성곽으로 이동한 종회, 한 치 앞도 안 보이는 밤중이었다. 그에겐 굉장히 시끄러운 말발굽 소리가 여러 차례 들렸다. 시발 이거 큰일이구나 싶은 종회가 다시 성도 궁전으로 돌아갔다. 그는 강유와 등애에게 지금 상황이 심각함을 전달했다.

"아니, 지금 술이나 마실 때가 아닙니다! 지금 위나라 군사들이 이미 이 성을 포위한 듯합니다. 얼른 정신 차립시다."

하지만 아직도 심각함을 모르는 등애가 그에게 말했다.

"우리가 여기 온 지 아직 하루도 안 됐소만, 위나라 군사들이 어떻게 하루 만에 이곳 성도로 온단 말이오? 말이 되는 소리를 해야지. ㅎㅎ"
"꺼억, 취한다!"

이 와중에 강유는 술에 취해 옆으로 쓰러져 누웠다. 그리고 위나라 군사들이 죄다 궁전 안으로 난입했다. 가장 앞서 있던 사마소가 외쳤다.

"얘들아, 어서 이 씨발 새끼들을 족치도록 해라! 적장을 죽인 자는 삼대가 평온하리라!"
"우와아아아아앙. ㅋㅋㅋㅋㅋㅋㅋㅋ"

강유는 고통 없이 뒤졌고, 등애와 종회는 열심히 싸우다 목이 날아갔다. 사마소가 만족감을 표하더니 말했다.
"자, 이제 텔레포트나 타자! 모두, 다시 나에게 다가오거라!"

그렇다. 사마소는 텔레포트라는 기술을 갖고 있었다. 마치 워크래프트 3 아크메이지의 궁극기처럼 순간 이동을 할 수가 있었던 것이다. 5천의 병사가 사마소와 한꺼번에 이동을 해 버리니 방심을 타고 있었던 강유 일행은 순식간에 전멸해 버린 것이다. 이 정도면 이 소설은 막장이라 불려도 이상하지 않다. 다음 날, 낙양성으로 돌아온 절반의 사마소군은 단체로 휴가 계획서를 쓰고 각자 집으로 돌아갔고, 사마소는 진태 앞에서 큰일 날 소리를 했다.

"자, 슬슬 위나라의 황제 조모를 처리하고 내가 왕이 되어야겠군. 더 이상 조모를 살려 둘 이유가 없구나. 나 사마소, 황제가 되겠다! 국호는 진이다!"

이 발 없는 말은 천 리를 이동해 낙양성 황궁의 가장 높은 자리에 앉아 있던 조모의 귀에도 들어갔다. 이에 조모는 총(?)을 꺼내 들며 주변의 무사들에게 외쳐 댔다.

"사마씨가 우리 조씨를 망하게 하려고 하는구나! 당하기 전에 그 새끼부터 잡아 죽여야겠다! 모두, 나를 따르라!"

조모는 이미 포르투갈에서 온 상인으로부터 머스킷 총을 대량 구입한 전례가 있었다. 그것도 아주 몰래 말이다. 조모와 병사들이 준비를 마친 가운데, 사마소군이 황궁으로 대거 난입했다.

"이런 시발!"

그렇다. 사마소군은 검을 들고 있었지 머스킷 총은 없었다. 그들은 일시 후퇴하기로 했다. 조모는 사마소군이 총 실력에 놀라 도망가자 매우 기고만장해졌다. 이대로라면 사마씨를 죄다 잡아 족칠 수 있을 거란 생각에 그들은 황궁 바깥으로 나갔다.

"조모 폐하 만세!"
"대한 독립 만세!"

위의 목소리는 조모가 이끄는 일군과 더불어, 그동안 조모를 불쌍히 여겨 왔던 백성들의 울음소리였다. 그렇다. 간단히 설명하자면 3.1 운동과 같은 규모인 것이다. 조모군은 남는 머스킷 총을 백성들에게 일일이 나누어 주었다. 이거 사태가 너무 심각하구나 싶은 사마소군은 우선 낙양을 빠져나가 장안성으로 후퇴하였다. 이때 사마소군은 운이 너무 좋은 게 아닌가 싶다. 바로 바그다드까지 실크 로드가 개척된 것이다. 중동 상인들이 장안으로 찾아와 머스킷 총을 판매하였고, 사마소는 금화를 사용해 전부 구입을 끝마쳤다.

"자, 돌격이다! ㅋㅋㅋㅋ 우리 군이 수적 우위다. 조모군을 짓밟아 버려라!"

서기 263년, 중국에서 유례없는 총격전이 시작되었다. 처음엔 삐까삐까하더니 조모군 측이 슬슬 발리고 있었다. 조모는 큰 소리로 지시를 내렸다.
"모두, 우선 황궁으로 돌아가자! 서둘러라!"
"Fire in the Hole!"
"응? 뭐지?"

조모군이 황궁으로 돌아가기도 전에 사마소군이 이상한 영어를 쓰면서 수류탄으로 보이는 폭탄을 던져 댔다. 그렇다. 수류탄도 혹시 몰라 이라크 상인에게서 구매한 것이었다. 낙양의 황궁은 전부 박살이 나 버렸고, 퇴로가 끊긴 조모는 사마소의 헤드샷으로 끝내 버렸다. 하지만 아직 총을 쥔 백성들이 남아 있었는데, 진공 사마소는 그들마저 모두 죽이기로 마음먹었다. 완전 동탁의 공포 정치에 필적할 만한 조치였다. 3만이 넘는 백성이 사마소군에 의해 완벽히 쓸렸다.

"하아, 하아, 하아…."

학살을 자행한 사마소는 수없이 깔린 피 흘리는 백성을 보더니 "욱!" 하고 구토를 했다. 사마소가 말했다.

"으으, 이거 안 되겠구나. 이렇게 많은 백성을 죽이다니…. 이제 와서 백성의 마음을 되돌리긴 어려울 것 같다. 진태, 어찌하면 좋겠느냐?"
"ㅋㅋㅋㅋ 사마소 님, 우리 천하제일 무술 대회를 열어 보는 거 어때요? 대회에 참가하는 이들은 죄다 실력이 있을 테구, 그들을 우리가 활용하면 그만 아닙니까? ㅋㅋㅋ"
"와. ㅋㅋㅋㅋ 역시 진태는 뭔가 다르구나. 끝까지 살아남은 이유가 있었어. 좋다, 천하제일 무술 대회를 개최하자꾸나!"

제 23 장
오나라 토벌전 2

천하제일 무술 대회, 마치 무천 도사나 손오공이 나올 것 같은 느낌이 드는 이 대회에는 수많은 인재가 참가 신청을 끝마쳤다. 룰은 참가자 256명이 옹기종기 무대에 올라 싸움을 하여 적들을 모조리 떨어뜨리는 것이다. 로열 럼블 같은 것이다. 그렇게 해서 마지막에 4명이 살아남으면 그 4명을 쓰겠다는 것이 진왕이 된 사마소의 생각이었다. 게임이 시작되었고, 시작하자마자 여러 사람이 몇 초도 못 버티고 무대에서 떨어지고 아주 난리였다. VIP석에 앉은 사마소가 용모가 심상치 않은 인물을 보더니 옆에 있던 진태에게 물었다.

"진태여, 저 인재는 누구인가? 진나라 사람이 맞느냐?"
"ㅋㅋㅋㅋㅋㅋㅋㅋ"

진태가 실컷 웃더니 바른대로 고하였다.

"저 애는 문앙입니다. 차세대 조운으로 알려졌어여. ㅋㅋㅋ 저놈 손에 걸린 장수들은 죄다 저세상입니다. 어때요, 놀랍죠? ㅋㅋㅋㅋ"

조금 놀랍게도 256명 중 200명은 문앙이 아웃을 시킨 숫자였다. 슬슬 쩌리들은 전부 사라졌으며 문앙과 또 다른 장수 3명이 남았다. 사마소는 싸움을 중단시켰다. 문앙을 제외한 나머지 3명은 각자 누구인지 파악해 보자. 먼저 양호가 있었다. 양호는 양호실을 운영하던 사람이었다. 그리고 또 다른 이는 두예라는 인물이 있었다. 그는 『춘추좌씨전』이란 책을 너무 좋아해서 스스로 좌전벽이라 부르던 인재였다. 좌전벽이 뭐냐 하면 책 하나를 짝사랑하는 것을 뜻한다. 그리고 또 다른 장수는 가충이라 하여 예전부터 위나라의 녹을 먹던 사람이었으나 주목을 받지 못했던 이였다. 원래는 개쩌는 통찰력을 갖고 있는 가규의 아들이었다. 인재가 충분히 모이자 사마소는 썩소를 지으며 진태에게 말했다.

"흐흐, 이제 이 기세로 오나라를 치면 적들은 모두 소탕을 당할 것이다. 안 그래, 진태?"

"ㅋㅋㅋㅋㅋㅋㅋㅋㅋ 바로 그것입니다. 당장 소탕 명령을 내려 주시길 바랍니당! 그런데 마씨 일가는 어떻게 할 생각이시지요?"

"아아, 그렇군. 마량과 마속이 감옥에 갇혀 있었지. 진태, 내가 어떻게 했음 좋겠소?"

"그들도 죽고 싶진 않겠죠. ㅋㅋㅋ 얼른 전력으로 합치도록 하죠! ㅋ 귀찮으시면 제가 하겠습니다. ㅋㅋㅋㅋ"

"음. 부탁하오, 진태."

한편, 감옥에 갇혀 있던 마량과 마속은 자기들이 언제 뒤질까 내심 고민이었다. 촉나라도 망했으니 특별 사면이라도 있지 않을까 싶었다. 그러한 그들의 판단은 옳았다. 진태가 "ㅋㅋㅋㅋ"하며 그들에게 왔다.

"아, 님들! 진왕께서 님들 풀어 주라고 명했는데? ㅋㅋㅋ 운 좋은 줄 아시죠? ㅋㅋ"

그래도 풀어 주니 어디야. 마량과 마속은 사마소에게 절대적 충성을 하고자 하였다. 허창 궁전, 가장 높은 황제가 앉을 만한 자리에 진왕 사마소가 앉아 있었고 문무백관이 좌우로 서 있으니 슬슬 간지가 나기 시작했다. 사마소는 실실 웃으면서 나댔다.

"흐흐, 이제 우리 진나라도 많은 장수가 포진되었구려. 매우 감사 드리오. 자, 이제 남은 국가는 오나라 하나뿐이오. 듣자 하니 오나라는 현재 대통령 선거로 매우 바쁘다고 하오. 그 망할 손권이 병으로 인해 제위에서 물러났다고 하니, 이는 호기라 할 수 있소. 내가 보기엔 지금 공격을 감행하는 것이 낫다고 보는데, 어떻소?"

이에 한때 양호실을 운영했던 양호가 말했다.

"현재 형주를 통괄하는 자는 육항입니다. 육항과 저는 같이 미국 유학을 떠났던 인재이며 저랑 엄청 친하다고 볼 수 있습니다. 만약 오나라를 치게 된다면 저를 부디 형주로 파견시켜 주시길 바랍니다. 이상입니다."

"오오, 양호실의 양호여. 믿고 맡기겠소. 자, 다른 의견 있소?"

이번엔 가충이 앞으로 나서더니 패기 있게 조목조목 설명했다.

"우리 진나라가 세워진 지 얼마 되지도 않았습니다만, 벌써 전쟁을 하시겠다니…. 저희 장수들은 어떻게 여길지 모르겠습니다만, 중요한 건 병사들의 컨디션입니다. 사기가 바닥이란 소립니다. 게다가 총알이나 수류탄도 이젠 없지 않습니까?"

"나는 반대입니다!"

"응? 넌 누구임?"

가충의 의견에 태클부터 걸고 보는 이는 바로 좌전벽 두예였다. 그는 자기가 『춘추좌씨전』을 정독했기 때문에 자기 자신이 가장 똑똑한 줄 알고 있었다. 하여튼 반대를 하는 이유를 알아보자.

"다들 모르시겠지만 지금 오나라는 큰일 났소. 바로 오나라의 대들보 육손이 손권 때문에 마음의 병을 얻어 사망했다고 하오! 지금이 호기 아닙니까?"

그때, 문앙이 조운과 비슷한 풍채를 선보이며 말했다.

"저 문앙, 모든 적을 전사시켜 보이겠습니다. 출격 명령만 내려 주시길."

마침내 사마소는 결심이 섰다.

"ㅅㅂ, 좋다! 다 같이 오나라를 치도록 하자!"

이에 어디선가 병사 둘이 오더니 큰 오나라 지도를 대령하였다. 사마소는 곳곳에 화살표를 그려 가며 진나라 장수들에게 위치 선정을 지시하였다.

"먼저 강릉으로는 양호와 마량이 진군을 해 주시오. 다행히 오나라 최후의 희망이라 불리는 육항은 양호가 설득하기로 하였으니, 육항이 응하면 그대로 형남으로 진군해 주시오. 내가 보기엔 형남에 배치된 군사들은 많지 않은 것 같소. 양호 장군, 수고해 주시오."
"ㅇㅋㄷㅋ 감사합니다."

"강하 방면에는 두예와 마속을 파견하겠소. 유수구에는 나와 더불어 문앙 장군과 가충이 배를 타고 유수구를 건너 곧바로 건업으로 진군할 것이오. 사실상 이 싸움에서 승리하기만 해도 오나라는 볼 장 다 본 격이오. 자, 다 같이 해내 봅세! 진나라 만세!"

"만세!"

"진왕 사마소 만세!"

한편, 제위에서 물러난 손권은 병을 얻어 말 한마디도 제대로 하지 못하고 있다가 결국 사망하였다. 오나라에는 풍습이 둘 있었는데, 그중 하나는 군주가 사망할 경우 차기 군주 중 가위바위보를 통해 승리한 자가 군주 자리를 차지하는 것이었다. 다만 이것은 첫 번째 방법일 뿐이었고, 웬만하면 선거를 통해 결정이 됐다. 서기 200년대인데 방식 하나가 민주주의라니, 정말이지 웃기지도 않는다. 여하튼, 기호 1번은 육손이 지지하기도 했던 손화였고, 기호 2번은 손권이 지지했던 손패였으며, 기호 3번은 쩌리 정당이었던 손량이었다. 솔직히 말해 3번은 아무리 유세를 떨어도 1번과 2번이 거의 양당제라 포기하는 게 맞다. 하지만 이번 기호 3번 손량은 특별한 공약을 내놓았다.

"여러분! 주 4일제를 지키도록 하겠습니다! 부동산 바로잡겠습니다! ○○○ 폐지하겠습니다! 저를 밀어주십시오! 감사합니다!"

백성들은 말도 안 되는 공약을 가지고 나온 손량이 기대되었고, 결국 선거일에 대부분의 백성은 손량을 지지하기에 이르렀다. 손량이 당선되자 그는 손화와 손패를 암살하려 하였다. 하지만 속도가 빠른 쪽은 손량이 아닌 손화와 손패였다. 그들은 정봉을 고용하여 손량을 암살하기에 이른다. 자, 이번엔 마지막 싸움이다. 손화와 손패 둘 다 정봉이 자신의 편이 되길 원하였으나, 정봉은 이 내전이 너무나도 불쾌해 그만 전선으로 복귀하였다. 손화파와 손패파는 건업을 두고 치열하게 싸웠다.

"어, 뭐지? 시발⋯."

유수구를 건너 여강으로 향하던 정봉은 여강이 이미 진나라에 정복당한 사실을 눈치챘다. 군사 깃발에는 사마소, 문앙, 가충이 새겨져 있었다. 그중 문앙이 정봉에게 큰 소리로 외쳤다.

"네놈이 오나라에서 그나마 잘나간다는 정봉이냐? 나 문앙, 그대에게 일기토를 신청하겠소!"
"오냐, 배에서 지상으로 내릴 때까지 좀만 기다려라! 아주 산산조각을 내 버리겠다!"

정봉과 문앙은 치열하게 맞서 싸웠으나 나이도 그렇고 실력도 그렇고 하나같이 정봉이 유리한 것이 없었다. 문앙이 빈틈을 노려 정봉의 심장을 찌르니 그는 외마디 비명을 지르며 말에서 떨어져 전사하였다.

"적장 정봉! 이 문앙이 쓰러뜨렸다!"

이에 사기가 충천한 진나라군은 계속해서 오나라를 향해 진격했다. 이쯤 되니 한가로이 내전을 할 때가 아니라는 것쯤은 손화와 손패 둘다 잘 알고 있었다. 그들은 병사들을 쭉쭉 뽑아 진나라 군사들이 상륙하기 어렵게 만들었다. 이에 사마소는 "ㅅㅂ ㅅㅂ" 하고 말했다.

"으으, 이쪽으로는 공격하기가 어렵겠구나! 양호군과 두예군이 진격하여 적을 분쇄하지 않으면 안 된다!"

마침내 사마소군은 유수구에서 대기를 탔다.

제 24 장
오나라 토벌전 3

한편, 양호와 마량의 군사들은 강릉성을 향해 진격하고 있었다. 강릉성을 지키던 오나라 장수는 오나라의 희망이라 불리던 육항이었다. 저번에도 들었지만 양호는 알고 있었다. 육항의 아버지가 손권 때문에 죽었다는 사실을…. 그가 항복을 할 수도 있다는 생각은 했으나, 그래도 혹시 몰라 마량은 텐트를 다량 구매하여 강릉성에서 10리 바깥에 진을 치도록 병사들에게 지시했다. 양호와 마량은 앞으로 할 일을 의논하려고 했는데, 갑자기 양호에게서 감기 증상, 아니 코로나 증상이 발생했다. 마량은 깜놀했다.

"아니, 양호 님, 왜 그러십니까? 설마 진짜로 코로나?"

"콜록콜록…. 이거 진짜 시발스럽구려. 마량이여, 타이레놀은 챙겨 왔소?"

"아니, 슈발…. 우리 중국 우한에서 발생했던 그 코로나라면 아직 백신도 준비되지 않았소이다! 이거 어떻게 합니까?"

"으으, 콜록콜록…."

"아아, 맞다! 양호 님 양호실로 ㄱㄱ?"

"너 지금 한 대 세게 맞고 싶냐?"

"ㅈㅅㅈㅅ"

"이걸 어째…. 아아, 맞다!"

"무슨 일이십니까?"

"육항, 육항이다! 마량이여, 그대는 육항에게 이 서신을 전달해 주시…. 콜록콜록."

　마량은 양호가 작성한 편지 하나를 가지고 서둘러 오나라의 강릉성으로 향했다. 그런데 참으로 놀랍게도 오나라는 화이자랑 모더나를 다량 보유하고 있었다. 백신을 통해 철저히 대비를 했다는 것이다. 오나라는 확진자 0%, 사망률 0%를 유지하고 있었다. 뭐 어쨌든 마량은 강릉성 회의장 안으로 들어가서 격식을 차렸다. 그곳 상석에는 육항이 자리를 잡고 있었다.

　"육항 님, 안녕하십니까? 양호 님으로부터 서신을 가져왔습니다. 읽어 주시면 좋겠습니다."
　"아닛! 양호라고!? 양호라면 나랑 같이 미국 유학을 다녀왔던 인재 아니더냐?"
　"그렇습니다! ㅋ"
　"어디 한번 줘 보시게."

> 헬로 마이 프렌드? 마이 네임 이즈 양호 숙자, 하우 아 유? 롱 타임 노 씨, 액츄얼리….

　"아니, 이 편지대로라면 내 친구는 사망각이 아니더냐?"
　"그렇습니다. 선처를 구합니다. 제발 저희를 도와주십시오."
　"흠, 기다려 보게."

　사실 놀랍게도 육항의 직업은 약사였다. 코로나에 대해서라면 오나라의 어떤 인재들보다도 잘 알고 있었다. 육항은 타이레놀을 마량에게 지급하며 말했다.

"이거 챙겨 가게. 아마 직빵일 것이오. ㅋㅋ"
"오오 ㅅㅂ…. 레알 감사합니다. 이것으로 제 상관도 살았습니다."

타이레놀을 전달받은 마량은 자기가 무슨 우사인 볼트라도 되는 것처럼 전력을 다해 달려 양호의 진채에 도달하였다. 양호는 아직 뒤지려면 한참 있어야 했다. 마량은 다행이라는 듯이 서둘러 권했다.

"자, 여기 있습니다. 얼른 드시지요!"
"오호, 감사하오!"

양호는 단지 타이레놀을 먹은 것뿐인데, 마치 「드래곤볼」의 선두같은 치료 효과를 느꼈다. 이제는 양호 차례였다. 그런데 또다시 마량에게 부탁하는 것이 아닌가.

"내가 알기로 육항 그 녀석은 소맥을 굉장히 사랑하오. 병사들을 시켜 술 항아리를 들게 하고 강릉성의 육항에게 바치도록 하시오. 아주 구미가 당길 것입니다!"
"오, ㅅㅂ 이런 식으로 천천히 다가가는 거군요? 감탄을 금치 못하겠습니다! ㅋ"
"서두르는 것이 중요하오. 서둘러 주시오!"
"받들어 모시겠습니다!"

병사들과 마량은 강릉성의 육항에게 술 항아리를 바치고 자신들의 진지로 되돌아갔는데, 갑자기 누가 흥을 깼다. 그의 이름은 장제였다.

"육항 님, 이건 보나 마나 독이 든 술일 것입니다! 자중할 것을 아뢰오!"

"닥치시오! 나의 친구 양호는 결코 술에 독을 탈 녀석이 아니오!"

"아아, 시발. 우리 오나라도 여기까진가….'

"지금 나한테 한 소리요?"

"그렇다, 병신 새끼야!"

"이게 정신이 나가다 못해 또라이가 됐구나! 여봐라, 저 쩌리를 투옥시켜라!"

"해 보시지? 해 보시지?"

"ㅇㅇ 할 거임. 얘들아, 서둘러라!"

장제는 진짜로 투옥되었고, 육항은 자리를 차린 뒤 소맥을 가져오라고 명했다. 그는 흐흐 웃으며 말했다.

"ㅋㅋㅋ 양호 녀석, 용케도 내 스타일을 알고 있구나. 정말이지 친구 아니랄까 봐! 꿀꺽꿀꺽! 얘들아, 보았느냐? 양호는 절대 독을 탈 위인이 아니다! 알겠지?"

"예이!"

하루가 지났다. 진나라와 오나라가 DMZ 다람쥐 사냥터에서 사냥을 하던 도중 서로 마주쳤다. 아무리 친구라 해도 경계심이 드는 법, 하지만 육항은 이곳에서도 멋을 부렸다.

"양호여! 이 선을 벗어난 다람쥐는 당신들 거요! 우리는 돌아가겠소!"

"육항이여! 정말 감사하오! 나중에 전장에서 봅세! 바이 바이!"

"바이!"

전장은 무슨 개벽다구 같은 소리인가…. 둘의 행위는 마치 BL에 가까웠다. 그 둘은 싸울 생각이 전혀 없었던 것이다. 마침내 자신의 진채로 돌아온 양호는 사마소로부터 편지 한 장을 받았다. 편지는 유수구에서 뚫어뻥이 안 먹힌다는 내용으로 서둘러 형주 북부를 차지하고 동쪽으로 ㄱㄱㅆ을 해서 쌈 싸 먹자는 것이었다. 이에 양호는 슬슬 움직이려고 했다.

"육항 장군님! 양호가 편지를 하나 보냈습니다."
"음, 보여 주거라!"

내용은 아주 간단명료했다. 육항의 아버지인 육손이 손권에 의해 병사했으므로, 이참에 자기랑 같이 반기를 들자는 것이었다. 하지만 오나라의 마지막 희망, 육항은 변심하지 않았다. 그가 성곽 위로 올라가 멀리 바라보니, 진나라 군사들은 이미 준비가 완료된 상태인 것 같았다. 편지에 마음이 움직이지 않는다면 전쟁뿐…. 자기에게는 그렇게밖에 안 보였다. 육항은 호통을 쳤다.

"내가 배반할 것 같으냐! 다 덤벼, 개새끼들아! 아니, 양호 개자식아! 그 전에 나랑 일기토 어떠냐?"
"그래, 이 새끼야. 얼른 내려오지 못할까?"

이미 양호는 만반의 준비를 한 채로 강릉성 북문 쪽으로 나왔다. 이윽고 일기토가 시작되었다.

"흐읏!"
"하앗!"

그 둘은 서로 친구라서 그런지 손쉽게 결판이 나질 않았다.

"헤이, 베리 스트롱!"
"유 투!"

정신없이 싸우다 보니 입에서 영어도 나오고 아주 장관이었다.
마침내 50합을 채웠을 때였다. 육항이 갑자기 초필살기를 사용하
였다! 하지만 양호는 반격기로 응수, 육항은 크나큰 데미지를 받고
그 자리에 풀썩 주저앉았다.

"얼른 지나가라. 양호, 내가 졌다!"
"지나가긴 뭘 지나가? ㅋㅋ 받으시오!"

양호는 육항의 목을 베고 강릉성을 함락, 형주 남부를 내버려 두
고 동쪽으로 군사를 이끌고 시상으로 향했다. 근데 좀 문제가 있었
다. 왜냐하면 양자강 물살이 너무나도 세졌기 때문이다.

"이런 시발! 마량이여, 여기서 시간을 끌다가는 사마소 님 쪽이
고전할 것이 분명하오. 도대체 어떻게 했음 좋겠소?"
"흠….."

이에 마량은 솔직히 고했다.

"우리 다 같이 튜브 써 보실래요?"

덕분에 양호는 제대로 화가 났다.

"헐…. 님, 지금 장난? 여기까지 와서 웬 튜브임? 놀러 왔음?"
"ㄴㄴ 아닙니다. 우리 5천 군사가 튜브를 탄 채로 양자강에 몸을 담그며 다 같이 손에 손을 잡고 움직이면 우리가 원하는 우저와 같은 장소로 도착할 수 있을 것입니다."
"참 코믹스럽군요. 누가 『코믹 삼국지 2』 아니랄까 봐."
"자, 서두릅시다. 배를 만드는 시간은 되게 오래 걸리겠지만 튜브는 금방입니다!"

제 25 장
오나라 토벌전 4

한편, 강하성으로 진격하던 두예와 마속 일행은 백성들로부터 소식을 들었는데, 강하성에는 죄다 쩌리들뿐, 장수라 할 만한 이가 없다고 하였다. 이에 좌전벽 두예는 마속에게 권했다.

"님, 우리 그냥 어택당해도 이길 것 같지 않소이까?"
"두예 님, 맞는 말입니다. ㅎㅎ 속히 채비를 하도록 하죠."

이쯤 되면 제갈량 같은 인재가 떡하니 등장해, "장수가 없는 것은 페이크다!" 하면서 계략을 세우는 것이 정상이나, 진짜로 오나라 진영에는 장수가 단 하나도 없었다.

"자, 돌격! ㅎㅎ"
"가즈아!"

두예와 마속은 원래 격수가 아니었지만 병사들이 오합지졸이라 자신들이 처리할 만한 능력이 되었다. 마속이 디버프를 걸고 두예가 마무리하는 식이다. 이곳 강하성에는 1만의 병사가 있었으나 사기가 바닥으로 떨어져 있던 터라 진나라 병사는 제로, 오나라 병사는 모두 전사하고 말았다. 좌전벽 두예는 날던 새가 떨어질 정도로 큰 목소리로 말했다.

"애들아, 오늘은 장어구이다! 맘껏 먹어라!"
"와 씨. ㅋㅋㅋㅋㅋ 훌륭한 지휘관이로다. 두예 장군 만세!"
"만만세!"

아직 장어를 먹지도 않았건만 진나라 병사들은 난리였다. 마속이 두예에게 한 가지를 권했다.

"강하성은 우리가 손쉽게 함락했습니다만, 사마소 님이 지휘하는 유수구란 곳과 강릉성을 치고 있는 양호 님은 고전하고 있을지도 모릅니다. 얼른 장어를 먹고 배를 몰아 그대로 건업으로 속행하는 것이 좋을 줄 아룁니다. ㅎㅎ"
"장어를 먹는 데 얼마나 걸리겠소? 너무 걱정하지 마시오."
"넵!"

장어를 집어삼킨 두예와 마속 일행은 출항하려 하였으나 커다란 문제가 있었다. 배는 누가 불이라도 질렀는지 1척뿐이었고, 그것마저도 너무 작아 20~30명만이 탑승이 가능하였다.

"앗싸, 월척이다!"

두예와 마속 일행은 건업으로 항해를 하면서 낚시질도 하였다. 막 잉어도 걸리고 메기도 걸리고 그랬다. 장어가 걸리자마자 부하들은 탄성을 질렀다. 전쟁하러 나가는데 웬 횡재냐! 즐거움을 만끽하고 있었는데, 갑자기 마속이 큰 소리로 외쳤다.

"어, 뭐지?! ㅎㅎ"

신나게 낚시질을 하고 있는데 저 멀리서 거북이 선박 하나가 포착되었다. 아니, 배가 맞나? 분명 거북이의 형상이었다.

"발사!"

갑자기 크나큰 목소리와 함께 거북이의 양옆에서 탄이 나오더니 두예와 마속을 향해 날아왔다. 그렇다…. 이것은 유도탄이었던 것이다. 호되게 당한 두예가 소리쳤다.

"이런, 젠장! 저건 내가 알기로 조선의 이순신이 고안한 배, 거북선이라고 들었소! 얼른 도망가는 게 좋겠소!"

『삼국지』 시대에 거북선이라니…. ㅋ 두 인물은 우선 도망부터 치려고 했으나 유도탄 다섯을 더 맞고 뻗었다. 배가 박살 난 것이다. 부하들은 헤엄을 칠 방법을 몰라 그대로 익사했고, 그나마 박태환급 수영 실력을 가진 두예와 마속은 헤엄을 쳐서 건업으로 가고 있었다. 아니, 이게 가능했으면 배는 왜 탄 거야. ㅋㅋㅋㅋㅋ

"자, 내 손을 잡아 주시오! 두 분 다!"

그때, 보트를 타고 와서 둘에게 손을 뻗는 인재가 하나 있었으니, 그는 바로 왕준이었다. 그는 진나라의 숨은 인재로, 진나라가 곧 있으면 통일할 것 같은 느낌이 들자 이렇게 찾아왔다. 만약 오나라가 더 강했으면 오나라에 임관했을 것 같은 야심 많은 이였다. 처세술이라고도 한다. 왕준은 두예와 마속 일행에게서 여러 이야기를 들었다.

"아아, 그렇군요. 근데 이제 걱정할 것도 없지 않습니까? 강하성을 보시지 않으셨습니까? 오나라에 더 이상의 인재는 없습니다."

그때, 마속이 반문했다.

"아니, 강하성에 인재가 없었던 것은 맞습니다만, 정봉도 있지 않습니까? ㅎㅎ"
"그는 죽고 없습니다. 제가 듣기로 진나라 인재 문앙이 죽였다고 합니다."
"헐…. ㅎㅎ"
"뭐, 하여튼 이 보트는 스피드가 장난 아닙니다. 꽉 붙잡고 계십쇼. 그럼 갑니다!"

한편, 튜브를 타고 양자강을 건너고 있는 양호와 마량, 그리고 5천 군사는 우저에 도착했다. 이곳은 요새로 쓰이던 곳이었으나 다행히도 손화와 손패는 좀 쩌리급이라 이곳을 도저히 신경 쓰지 않았다. 양호와 마량은 둘이서 결의를 다졌다.

"우리 진나라는 결코 물러섬 없이 건업성을 토벌할 것이다! 마량이여, 같이 진격합시다!"

그때 유수구에서 대기를 타던 사마소 일행도 깜놀하였다. 진태가 수만 대군을 이끌고 이곳으로 온 것이다. 마치 구원 투수 같은 느낌이었다. 진태는 쾌속선을 다량 주문 제작한 뒤 자신이 이끄는 병사들을 태우고 먼저 건업으로 가 버렸다. 아무래도 군공을 세우고 싶어 안달이 난 모양이었다. 이에 사마소도 뒤를 따랐다. 진태는 저 멀리 가 버렸으나, 사마소군은 배가 느렸기에 천천히 가고 있었는데, 마침내 양자강 중류에서 보트를 타고 이동 중인 두예와 마속 일행을 포착하지 않을 수 없었다.

"ㅋㅋㅋㅋㅋㅋㅋㅋㅋㅋㅋㅋㅋㅋ 너희, 뭐 하냐? 『삼국지』에 보트가 어디 있음?"
"있습니다!"

사마소의 배에 보트를 기댄 왕준은 시키지도 않은 자기소개를 하였다.

"안녕하세요? 제 이름은 왕준입니다. 사마소 님의 명성은 익히 들어 잘 알고 있습니다. 저를 격수로 애용해 주십시오!"
"오오, 왕준이여. 환영하겠소. 우리에게는 문앙을 제외하고는 격수가 없소이다. 필히 선봉이 되어 활약해 주길 바라오!"
"감사합니다, 사마소 님."

한편, 건업 황궁까지 뚫어 버린 양호와 마량은 손화랑 손패로 추측되는 인재가 정면에 보였다. 이쯤 되면 GG를 칠 법도 한데, 그 둘은 그러지 않았다. 썩소를 짓고 있었다는 소리다. 양호가 둘을 보더니 심상치가 않아 외쳤다.

"아앗, 이럴 수가…. 너희 설마…."
"왜 그러십니까, 양호 님?"
"나도 듣기만 했소이다만…. 필시 저 자식들 퓨전을 할 것이오!"

양호의 말이 끝나자마자 시작되었다.

"퓨- 전! 하!"

어떤 행동으로 퓨전을 하는지는 「드래곤볼 Z」를 보길 바란다.

"흐흐흐흐…."

자, 이로써 둘은 하나가 되었다.

"뭐냐, 이 힘은…. 손권 아버지가 가르쳐 준 것이다만…. 이거 미치겠군. 손화와 손패가 합체를 했으니, 화패라고 해도 되겠지?"
"오오, 늦었군! 이제 우리는 죽을 것이오!"

마량이 절망하는 사이, 화패는 쌍권총을 꺼내 무자비하게 난사했다. 이에 마량과 양호, 병사들은 전부 쓰러졌다. 축구 경기에서 백 태클을 당한 느낌? 그런 느낌으로 둘은 당했다. 양호는 어이없어했다.

"아니, 머스킷 총 나올 때부터 알아봤다. 먼 길 떠나왔더니 쌍권총을 써? 너 그러고도 사람이냐?"
"흐흐흐흐…. 다음엔 누구냐?"
"우리다!"
"음? 뭐냐, 누구인 거냐?"

그다음 차례는 보트를 타고 왔던 두예, 마속, 왕준이었다. 셋은 자신들이 애용하는 검을 꺼내 맞서려 들었다.

"뭐야, 너희…. 검…. 아, 뭐, 됐다…."

제 26 장
오나라 토벌전 5

한편, 느린 배를 타고 가던 사마소와 그의 병사들은 마치 인생 다산 듯 되게 천천히 움직였다. 사마소는 하소연했다.

"흐음…. 건업성은 아직이냐. 이러다간 전공을 다른 인재들한테 빼앗길 것이다."

그때, 그의 곁을 보좌하던 가충이 물었다.

"저기, 사마소 님…. 혹시나 해서 말씀드리는 겁니다만, 제가 알기로 사마소 님에겐 텔레포트란 기술이 있는 걸로 알고 있습니다. 왜 텔레포트를 타지 않고 느린 배로 이동하는 것입니까?"
"아, 그게…. 내 기술은 마나가 있어야 쓸 수 있는데, 지금은 삼국시대라 마나 포션이 없다. 마나가 후달린다는 소리요. 이해해 주길 바라네."
"그걸 말이라고…. 어이가 없군요. 개연성이 있긴 있나요? 저한테 뒤지고 싶습니까?"
"뭐시라? 뒤지고 싶냐고? 이게 간이 부어도 탱탱 부었구나!"
"어, 시벌…. 제가 틀린 말 했습니까? 웃기지도 않는군요."
"문앙, 있느냐!"

사마소의 부름에 조타수였던 문앙이 배를 이끌다 말고 가까이 다가왔다. 사마소는 한 가지 지시를 내렸다.

"여기에 가충이란 병신이 있다. 문앙, 이 녀석을 죽여라!"
"죽여 봐, 죽여 봐! 메롱!"

이에 빡돈 문앙이 가충을 단칼에 살해했고, 사마소는 하하하 웃어 대며 말했다.

"가충이라, 참으로 웃긴 녀석이로구나!"

그나저나, 웃긴 녀석은 따로 있었다. 바로 화패였다. 건업 황궁까지 뚫어 버렸던 양호와 마량, 병사들은 과다 출혈로 사망하였고 두예와 마속, 왕준은 화패와 대치를 하였다. 아무리 검이 살상력 높기로 유명하나, 『삼국지』 시대에 말도 안 되게 화패는 쌍권총을 보유하고 있었기 때문에 두예 일행은 싸우기 전에 겁부터 집어먹었다. 화패는 "리로드!"라고 외치면서 얼른 쌍권총을 재장전했다. ㅋㅋㅋㅋ

"으악!"
"커억!"
"으윽!"

이로써 후반부 인재 두예, 작가로부터 무한 사랑을 받았던 마속, 처세술의 달인이었으나 끝이 안 좋은 왕준, 셋은 모조리 사망하였다.

"리로드!"

화패는 또다시 알다가도 모를 영어를 구사하며 재장전했다. 쌍권총의 위력은 정말 상상 이상이었다. 공적을 쌓아 더욱 힘을 받은 화패는 건업 황궁에서 바깥으로 나갔다. 피 냄새는 매우 자욱했으며, 수만 이상의 진나라 군사가 포진되어 있었다.

"항복하셈! ㅋㅋㅋㅋ"

그 수많은 병사 앞에 서 있던 진태가 확성기를 사용하여 화패에게 항복을 권유했다. 이에 화패는 신나게 웃어 댔다.

"흐흐흐흐…. 모두 죽을 각오를 하고 덤벼라!"
"진격합시당!"

진태의 크나큰 목소리에 전군이 화패를 향해 돌격하였다. 이에 화패는 반격을 개시했다.

"으아아아아아악! ㅋ"

제일 앞장서 있던 진태가 헤드샷을 맞더니 이내 쓰러졌다. 총대장이 이렇게 허무하게 죽다니…. 정말이지 말도 안 된다. 총대장이 사망하자 수만 병사는 좀 쫄았다. ㅋㅋㅋㅋㅋ 다들 꽁무니를 빼고 전군 퇴각하려 했으나 전부 학살당했다. 드디어 끝인가? 화패는 이왕 이렇게 된 거 중국인을 모두 죽이고 천하 통일을 하려고 마음먹었다. 병사뿐만 아니라 죄 없는 백성들을 포함해 살상을 일삼겠다니…. 참으로 나쁜 놈임이 틀림없다. 그때였다. 저 멀리서 느리게 움직이는 배들이 포착되었다. 그들의 지휘자는 암만 봐도 사마소였다. 이제 훗날을 맡길 인재는 사마소와 문앙뿐, 문앙이 사마소에게 여쭈었다.

"사마소 님, 암만 봐도 저 사람이 우리 식구를 모조리 죽인 모양입니다. 앞서갔던 진태 님마저도 저자에게 뒤진 것 같습니다만."
"음, 문앙. 그대에게 맡기겠소. 난 사망한 장수들에게 선두를 먹여 되살릴 것이오."
"감사합니다, 사마소 님. 그럼 가 보겠습니다."

문앙이 말 한 필을 이끌고 앞서 나가 화패에게 이르렀다. 문앙이 물었다.

"제 이름은 문앙입니다. 존함을 물어도 되겠습니까?"
"난 손화와 손패. 퓨전을 한 몸, 화패⋯. 그대, 강해 보이는군."
"화패 님이 사용하는 그 무기는 권총이 아닙니까? 제가 보기에 글록 같습니다만."
"아, 아니⋯. 어떻게 알았는가?"
"이 몸은 한때 콜트를 쓰던 장수였습니다만, 계속해서 사용하면 밸런스가 붕괴될까 봐 그만두었습니다. 화패 님, 어떻습니까? 글록은 그만 내려놓으시고 저와 한번 창으로 자웅을 겨뤄 봅시다!"

마침 문앙에게는 창 무기가 2개 있었는데, 그중 하나를 화패에게 던졌다. 화패가 썩소를 짓더니 이내 승낙했다.

"좋다⋯."
"자, 갑니다. 화패 님!"

그런데 솔직히 말하면 퓨전을 한 화패지만 퓨전을 하지 않고도 쌍권총을 쓸 수 있지 않은가? 이 부분에서 작가의 실수가 여지없이 드러난다. 뭐 하여튼 문앙은 세계 최강의 격수였으므로, 화패에게 돌격하였으며 그를 사살하였다.

"적장 화패, 이 문앙이 처치했다!"

한편 사마소는 가충을 제외한 인재들, 진태와 양호, 마량, 두예, 마속, 왕준에게 선두를 먹여 되살렸다. 보스나 다름없는 화패가 죽었다는 것은, 오나라의 항복을 의미하며 이 소설도 막바지에 이르렀다는 뜻이다. 이로써 진나라는 삼국을 통일하였다. 사마소 일행은 하북의 업으로 대장정을 하여 동작대에 이르렀다.

"진왕 사마소! 만세!"
"만세! 만만세!"

문무백관이 한군데에 모여 사마소를 찬양하니, 사마씨의 위용은 세계 제일이었다. 근데 문제가 하나 있었다. 분명 진나라가 삼국을 통일한 것은 맞다. 하지만 코에이 삼국지를 플레이할 때 천하 통일을 하게 된다면, 보통 이민족들이 쳐들어와서 중국 왕조가 박살 나는 경우가 많았다. 지금도 그렇다. 바로 흉노족이 쳐들어와 업에서 머물고 있던 사마소 일행은 이 믿을 수 없는 소식에 좌절감을 맛보았다. 특히 사마소는 흉노를 이길 자신이 없어서 대성통곡하더니 지나친 스트레스로 인해 숨졌다. 이에 사마소의 병세를 관리하고 있었던 마량은 크게 놀랐다.

"이런 시발! 사마소 님! 큰일이다, 사마소 님이!"

사마소가 죽었는데, 그에게는 놀랍게도 아들이 없었다. 사마소 일행은 어차피 뒤이어 황제가 되어 봤자 결국 뒤질 게 뻔했기에, 누구도 황제가 되려고 하지 않았다. 그때, 그가 나섰다.

"항복할래, 안 할래?"

바로 마겸 초주가 나서서 항복을 권유하니 마량, 마속, 두예, 왕준, 양호와 더불어 진나라는 힘을 잃고 말았고 결국 흉노족에게 항복을 하고 말았다. 근데 놀라운 일이 벌어졌다. 저 멀리 요동에서 요서로 진군하던 나라가 있었으니, 바로 고구려였다. 고구려인은 매우 강인하고 굳세기로 유명하여서, 이 소식을 전해 들은 흉노의 왕은 다 먹은 거나 다름없던 중국을 때려치우고 본거지로 후퇴하기에 이르렀다. 한편, 고구려의 왕이었던 동천왕은 중국인들을 포섭하고 회유했으며 매우 선량한 정치를 하였다. 그는 마량과 마속에게는 촉의 영토를 다스리도록 하였고, 양호는 형주, 두예와 왕준은 오나라, 진태와 문앙에게는 하북을 도맡게 하였다. 중원은 동천왕이 관리하기에 이른다.

'흐흐, 후대의 사람들이 날 비웃으면 뭐 해? 내가 즐겁게 지내면 그만이다!'

매일같이 부귀영화를 누리던 유선은 싱글벙글 웃으며 오늘도 여자를 탐하였다.

코믹 삼국지 2

1판 1쇄 발행 2022년 6월 13일

지은이 최승태

교정 주현강 **편집** 유별리
마케팅 박가영 **총괄** 신선미

펴낸곳 하움출판사 **펴낸이** 문현광

이메일 haum1000@naver.com **홈페이지** haum.kr
블로그 blog.naver.com/haum1007 **인스타** @haum1007

ISBN 979-11-6440-185-7 (03810)

좋은 책을 만들겠습니다.
하움출판사는 독자 여러분의 의견에 항상 귀 기울이고 있습니다.
파본은 구입처에서 교환해 드립니다.